# 三毛猫ホームズの茶話会

赤川次郎

角川文庫
22669

# 三毛猫ホームズの茶話会　目次

# プロローグ

「もしも、この紅茶に毒が入っていたら？」

と、女主人はチャーミングな微笑を浮かべながらティーカップを取り上げて言った。

そのひと言が「お茶の時間」の会話を盛り上げようとするものだったとしたら、全く逆の効果しかもたらさなかった。

隣同士、「まだ独身の娘」と「仕事が忙し過ぎてデートの時間も取れない息子」について、あわよくば、という気持を必死に押し隠しながら囁《ささや》き合っていた夫人たちも、この家の女主人の言葉に、何となく黙ってしまったのである。

口を開いたのは、この家にほとんど根を下ろしているかのようなお手伝いさんで、

「奥様、そんなこと、冗談でもおっしゃらないで下さい」

と、きちんと着こなした和服姿で、「私が毒を入れそうに聞こえるじゃありませんか」

「もしもよ」

「誰もあなたが入れるなんて言ってないわ。『もしも』って言ったでしょ」

「それでも、やはり——」

「分ってるわよ。あなたがそんなことしないってことぐらい」

そう言うと、女主人はティーカップの紅茶をぐっと飲んだのである。

一瞬、居合せた人々はドキッとした。

もちろん冗談に決ってるけど、でも万が一、本当に毒が入ってたら……。

ここでこの人が死んだら、この屋敷の土地、建物、貯金や株や……。一体何億円になるか分らない財産は、誰のところへ行くのかしら？

子供さんがいない分、難しいわね。きっと相続権を主張して、親戚《しんせき》一同が大騒ぎになるわ。でも、どうして子供を作らなかったのかしらね……。

——女主人が紅茶を飲んで、ほんの十秒ほどの間に、居合せた人たちは実に色々なことを思い巡らしていたのである。

女主人はホッと息をついて、ティーカップを受け皿に戻すと、言った。

「おいしいわ、この紅茶」

少し間があって、何となくぎこちない笑いが起った。

「奥様、お電話が」

と、お手伝いさんが寄って来て、静かに声をかけた。

「どなたから?」

「名前をおっしゃいません」

「そんな方の電話は取り次がないで」

「ですが、奥の方へかかっておりまして」

女主人はチラッと目を上げた。――一瞬、その表情からは笑みが消えたが、それはほんの一、二秒のことで、

「ちょっと失礼しますわ」

と、腰を上げ、「どうぞゆっくりなさってね」

と言って、静かに客間から出て行った。

「コーヒー、紅茶のおかわりをお持ちしましょうか」

お手伝いさんが、誰にともなく言うと、客たちは何となく顔を見合せ、

「そうね。お願いしようかしら」

と、一人が言った。

「では、すぐに」

と、お手伝いさんも出て行くと、客間に後は客だけが残り――。

空気が急にフッと緩んだようだった。

「――何だかホッとするわね」

と、一人が素直に気持を口に出した。

「そうね。肩がこるわ」

みんなそう言いながら、ここへ喜んで来ていることも分っている。

「話に気を付けなきゃいけないものね」

と、一人が言った。「ご主人が亡くなって、まだひと月じゃないの」

「でも、この会は休まない。大したものね」

「大したものって言うのか……」

「〈花の未亡人〉だわ。私もなってみたい」

と、一番若い女性は言うことも率直だ。

「あら、あなたの所はご主人、音楽家でしょう？　すてきじゃないの、スマートだし」

「死なれちゃ困るけどね。未亡人を楽しむなんて余裕ないもの」

「そうね。こちらのお宅みたいに、財産があれば……」

みんな、揃って客間の中をグルッと見回した……。

客間といっても、今、六人の女性たちが身を委《ゆだ》ねている快適なソファが並んでいるのは、いわば〈テラス〉に当る部分で、昼間はサンルームとして使われるガラス張りの空間。

今は夜なので、庭の芝生や花壇が抑えめの照明に浮かび上っている。

そして天井もまたガラス張りで、澄んだ晩秋の星空が見上げられた。

――笹林彩子《ささばやしあやこ》。

この屋敷の女主人は、大手電機メーカーの〈BS電機〉を中核とする企業グループ〈BSグループ〉の代表である。

夫、笹林宗祐《そうすけ》が一か月前に事故死。彩子が代表の座を継いだ。

彩子は今四十五歳。夫より五つ年下だったが、見たところは十歳年下と言っても良かったろう。

「――あの人、何ていう名だっけ」

と、一人が言った。「あのお手伝いさん」

「ああ、確か――昭江《あきえ》さんよ。姓は知らない」

「そんな名だったわね。三十年以上、ここで働いてるって聞いたわ」

「貫禄《かんろく》あるわね。でも、内心何考えてるか分らない、って気がしない？」

「しっ！」

タイミング良く、当の「お手伝いさん」がコーヒー、紅茶のポットを載せたワゴンを押して入って来る。

「お待たせいたしました」

と、カップへ注《つ》いで回っていると、笹林彩子が戻って来た。

「――奥様、お紅茶はいかがですか」

彩子は答えずにそのままソファまで行って、

「——え?」

と振り向いた。「ああ……。もう冷めてるから、カップも替えてちょうだい」

「かしこまりました」

昭江が彩子のカップをワゴンに移す。

遠くでかすかに鐘の音がした。

「お客様ですね」

昭江がそれを聞いて、足早に出て行った。

客間は何となく沈黙してしまった。

女主人である彩子が、口を閉ざして何か考え込んでいたからである。

この毎月恒例の〈夕食会〉で、彩子が客のことを忘れてもの思いに耽《ふけ》っているというのは、絶えてなかったことだ。

少し間があって、昭江が戻って来た。

「奥様」

「どなたかみえたの?」

と、彩子は訊《き》いた。

「それが……」

昭江が口ごもった。

「いいから言って」

「警察の方だそうですが」

「分りました。応接間へお通ししておいて」

「かしこまりました」

昭江が出て行くと、彩子はやっと笑顔に戻って、

「申しわけないけど、今夜はこれで終りましょう」

と言った。「急な来客で。——主人の事故のことでしょう」

彩子が「終り」と言えば「終り」なのだ。

「じゃあまた……」

「楽しかったわ」

「ごちそうさまでした」

と、口々に言いながら立ち上る。

「ごめんなさい。お送りできないけど」

と、彩子は立ち上って、軽く会釈すると、足早に出て行ってしまった。

「——何だか様子が変ね」

と、互いに肯《うなず》きつつ、六人は客間を出て、玄関へと向った。

「私、ちょっとお手洗を」

と、一人が言うと、

「そうね、私も」

と、他の面々も言い出した。

来客用のトイレが玄関の近くにある。

そこへ、昭江が二人の男を連れて玄関に入って来た。

「お帰りですか。すぐお車の手配を。少々お待ち下さい」

と、昭江は背広姿の二人を応接間へ通すと、急いで電話でタクシーを呼んだ。

「——今のが刑事さん？」

「らしいわね。でも、あんまり刑事らしくない」

「ねえ。あの背の高い方の人なんか、なで肩で優しそうだったわ」

「本当。女形《おやま》の役者にでもしたいタイプね」

トイレの順番を待ちながら話していると、昭江が、

「少しお待ちいただきますので、どうぞ居間の方で」

と、玄関を入った正面のドアを開けようとした。

そのとき、そのドアの中で、鋭い破裂音が響いた。

一瞬、誰もが顔を見合せて動かなかった。

応接間から、二人の刑事が飛び出して来た。

「今の音は？」

と、なで肩の刑事が言った。

「分りません。この居間の中から……」

「片山《かたやま》さん」

と、もう一人の大柄な若い刑事が言った。

「銃声だったな」

「まさか！　銃などこのお宅には——」

と、昭江が言いかけると、片山と呼ばれたなで肩の刑事が居間のドアを開けた。

広い洋間の中央、深いカーペットの上に、笹林彩子が仰向《あおむ》けに倒れていた。

「奥様……」

「入らないで」

片山刑事が、もう一人の方へ、「石津《いしづ》、すぐ救急車だ」

「はい！」

片山刑事は居間の中へと入って行った。

——客たちも、開いたドアから中をこわごわ覗《のぞ》き込んでいる。

彩子の右手は小型の拳銃《けんじゅう》を握っていた。そして、右のこめかみの傷口から、血が流れ出てカーペットにしみ込んで行く。

「――自殺ですね。もう亡くなっている」

片山刑事の言葉に、誰もが呆然《ぼうぜん》としている。

「どうして奥様が……」

昭江もさすがに青ざめていた。

「さあ……。お話を伺いに来たんですが」

と、片山刑事は言った。

すると――。

「お待たせ！」

と、トイレから出て来た女性が言った。「どうぞ。――行かないの、トイレ？」

その当り前の口調が、この場の沈痛な空気を、さらに重苦しいものにしているようだった……。

# 1　帰国

飛行機が降下を始めて、少し揺れた。

少しウトウトしていた咲帆《さきほ》は、その揺れで目を覚ました。

「あとどれくらいですか？」

と、スチュワーデスに声をかける。

「四十分ほどで成田《なりた》です」

「どうも……。あの――コーヒーいただけます？」

「かしこまりました」

スチュワーデスが微笑と共にそう言って、通路を戻って行く。

咲帆は別にコーヒーを飲みたかったわけではない。ただ、何か注文してみたかったのである。

リクライニングのボタンを押して、少し起したり、また寝かせたりしてみる。

ファーストクラスに乗るのは生れて初めてだ。十時間以上のフライトで、大分慣れては来たが、それでもパーソナルTVやDVDのプレーヤーなどの装備を、片っ端から一つ残らず使ってみたかった。

「子供じゃあるまいし……」

と、自分で自分のはしゃぎようを冷やかしてみる。

「お待たせいたしました」

少しも「待って」なんかいない。びっくりするほどすぐにコーヒーが来て、

「チョコレートはいかがですか？」

タダなんだから！　断るって手はない。

銀の盆にのったチョコレートを二つつまんで、

「ありがとう」

と、礼を言う。

——川本《かわもと》咲帆、二十五歳。

今、日本へ七年ぶりに帰るところである。


「あと三十分ほどで着くそうですよ」

と、石津が戻って来て言った。

「じゃ、時間通りだな」

片山は肯《うなず》いて、「どうする？　昼飯は後にするか」

石津が真顔になって、

「三十分で食べられないときは……」

「そんなこと、あるか？」

「ありません！」

石津が確信を持って言った。

片山は笑って、

「じゃ、そこのセルフサービスのレストランに入ろう。一番早い」

「賛成です！　デザートも食べられますしね」

「そういう意味で言ったんじゃないけどな……」

――レストランは、ほぼ半分ほどの入りだった。

「ピラフの大盛り！」

と、石津が堂々と注文する。

「おい……」

と、片山が肘《ひじ》で石津をつつくと、

「三人分、一緒に」

と、手が伸びて来て、一万円札をレジに置いた。

片山がびっくりして振り向く。

「ああ、あなたは——」

「先日はどうも。唐沢恵美《からさわえみ》です」

紺のスーツがしわ一つなく身についている細身の女性。——有能な秘書だと誰しもが思うだろう。

「困りますよ、こんなこと」

と、片山は言った。

「私が払うわけじゃありません。〈BSグループ〉としては、ここで刑事さんに払いを持たせるわけにはいきません」

食券を買うのに並んでいる客もいる。こんな所でもめてはいられなかった。

「分りました。でも、今度だけにして下さい。我々は公僕で、おたくの社からおごられる理由はありません」

「承知しました」

ともかく、片山たちと唐沢恵美の三人は、カウンターで料理を受け取って、奥のテーブルについた。

「片山さんは本当に真面目な方なんですね」

と、唐沢恵美は言った。

「一度、原則を踏み外すと、二度、三度と続きますからね」

「お茶を」

唐沢恵美がお茶を三つ入れて来て置くと、「これはタダですから」

片山は笑って、

「いただきます」

と、紙コップを手に取った。「今日はあなただけですか、出迎えは」

「ええ」

と、唐沢恵美は肯いて、「幹部の誰かが来ると、マスコミが気付いて動くでしょうから」

「なるほど。――会社ではどうです。少し落ちつきましたか？」

「一応、形の上では。でも、内心は色々あるはずです」

――片山義太郎《よしたろう》は、警視庁捜査一課の刑事である。ヒョロリと長身でなで肩。

同行している石津刑事は体の頑丈なのが取り柄で、かつ、片山の妹、晴美《はるみ》に恋している
……。

「正直なところ、彩子様が亡くなったショックも、まだ消えていません」

と、恵美が食事しながら言った。

「分ります。まだ一か月ですからね」

「それに、自殺されたというのが……。あの状況では、ご主人の宗祐様の死に、彩子様が

係《かかわ》っておられたと疑われますから」

「今のところ、そんな証拠はありません」

「分っています。なぜ彩子様があんなことをなさったのか……」

片山はちょっとため息をついて、

「僕と石津が着いてすぐにあんなことになったので、どうも気になりましてね」

「でも、何も逮捕しに行かれたわけでもありませんし」

「そうなんです。ただ、あんな時間に、前もってご連絡もしないで伺ったのが……」

「そんなことを気になさらないで。彩子様はそんなに気の弱い方ではありませんでした」

「どうも……」

片山は微笑んで――びっくりした。

片山が半分も食べていないのに、唐沢恵美は、話をしながら、もう食べ終っていたのである。急いで食べているとは、とても見えなかったのだが……。

「では」

と、恵美は立ち上って、「お先に。――まだ時間ありますから、ごゆっくり」

「どうも……」

と、片山は半ば呆気《あっけ》に取られながら言った……。

唐沢恵美は到着ロビーに来ると、腕時計に目をやり、自分に満足するように肯いた。

いささかの不安があるとすれば、川本咲帆の顔が確認できるかどうかで——。写真では見ていたものの、それは五、六年前のものだったのである。

しかし、そう極端に変ってはいないだろうし……。恵美は自分の直感を信じていた。

ロビーに立って、行き交う人々、帰国して出て来る人々を眺めていると、

「名前を書いた札でも持って立ってれば？」

と、背後で声がした。

恵美は急いで振り向きはしなかった。誰の声なのか分っていたから。

「——何しに来たの？」

と、ゆっくりと振り向きながら言った。

十二月にしては少々寒そうな薄手のコートをはおった男が、ちょっと皮肉めいた笑顔で立っていた。

「当然、お出迎えさ」

と、男は言った。「君もそうだろ」

ごまかしてもむだだということは分っていた。

「どこで聞いたの？」

「別に。君の後をつけて来た」

「私の？」

「川本咲帆をこっそり出迎えるとすれば、君しかいないからね」

本当かどうか。しかし、恵美はロビーを見渡して、他にマスコミらしい人物を見なかった。

「咲帆さんに何を言おうっていうの？」

「そんなこと、考えちゃいないよ。君が黙ってないだろ」

「まあね。咲帆さんを守るのが、私の仕事ですもの」

「守る？　何からだ？」

菊池《きくち》浩安《ひろやす》は、ちょっと苦々しげに言った。「守られなきゃいけないのは、むしろ彼女から、だろ」

「ここでそんな議論やめて」

「分ってる。——相変らず、パリッとしてるな」

恵美は菊池の、いささかくたびれた格好を見て、

「そのコート、三年前にも着てたわね」

と言った。「新しいの、買ったら？」

「金がない。何しろ、どこの雑誌でも、僕の顔を見ただけで記事を買っちゃくれないからな。どこだかからの圧力で」

「私じゃないわ」

「君も承知だろ」

恵美も、それを否定はできなかった。

「——何して食べてるの？」

「食わしてもらってる。まあ、ヒモみたいなもんかな」

「それって……」

「クルミだよ。会田《あいだ》クルミ」

「あの子ね。——一緒に暮してるの？」

「うん。ここ一年くらいね」

「そう……」

——菊池浩安は今三十歳のはずだ。恵美より二つ年上で、かつて二人は婚約していた仲である。

「しかし……」

と、菊池が言った。「何があったんだ。彩子さんが自殺するなんて。しかも拳銃《けんじゅう》で」

「分るものなら、こっちが訊《き》きたいわ」

菊池はじっと恵美を見て、

「本当に理由は分らないのか？　表向きの話じゃなくて」

「ええ、さっぱりよ。社内も大混乱してるわ」

菊池は到着口の方を眺めて、

「あの浮世離れした彩子さんが……。人間、誰でも深い闇を抱えてるものなんだな」

と言った。

恵美は到着口の方へ無理に目を向けていたが、

「ねえ……。どこかにちゃんと勤めたら？　ずいぶん老けたわよ、あなた」

と、抑え切れなくなったように言った。

「相変らずだな」

と、菊池は微笑んで、「言いにくいことをはっきり言うのは、君の悪いくせだ」

「心配なのよ。どこか具合悪いんじゃない？　疲れてるわ。良かったら――今夜でも、どこかで食事しない？」

菊池は穏やかに首を振って、

「気持はありがたいがね。――そんなことをしたら、クルミに悪い。そうだろ？」

「ええ……。そうね。そうだったわ」

恵美はちょっと目を伏せて、「ただ――ちゃんと診てもらってね。寝込んだりしたら、クルミちゃんがもっと大変」

「ありがとう、心配してくれて」

菊池はやや皮肉混りに言った。「僕のことはいい。新しい〈代表〉の顔を見落とさないようにね」

「それこそ余計な心配」

と、恵美は言い返した。

そこへ、片山と石津がやって来た。

「やあ、間に合ったな」

「片山さん。――こちら、ジャーナリストの菊池浩安さん。片山さんと石津さん。お二人とも刑事さんよ」

「刑事？　どうしてここに？」

「彩子さんが亡くなったとき、そばにおられたの」

「そうでしたか。――菊池です」

「取材ですか」

と、片山が訊く。

「そんなところですが、記事にしても載せてくれる所がありません」

菊池は名刺を片山に渡した。

「菊池さんは、以前〈BS通信機〉に勤めていたんです。エリート研究員だったんですよ」

「よせよ」

と、菊池が眉《まゆ》をひそめて、「ほら、飛行機が着いた」

「そうね。もう少ししたら、出て来る」

――片山も、菊池という男と唐沢恵美の間に、「ただの知り合い」以上のものを感じて、それ以上は訊かなかった。

飛行機が着いても、むろん入国審査の窓口があるし、荷物も受け取らなくてはならないから、時間がかかる。

「まさか……」

ふと思い付いたように、菊池が言った。「刑事さんが来てるってことは、川本咲帆が危険だとでも？」

「そういうわけじゃ……。ただ、両親の死について、ちょっと伺ってみたいことが」

と、片山は言った。「一旦《いったん》、〈BSグループ〉の仕事に入られてしまうと、ゆっくりお話しできないと唐沢さんに言われましてね」

「そうですか。それならいいが……。彼女が狙われてでもいるのかと思って」

「いくら何でも」

と、恵美が笑って、「そりゃあ、〈BS〉の幹部や、笹林一族の人は川本咲帆さんのことを良くは思ってないでしょ。でも、殺したりはしないわ」

――川本咲帆は、死んだ笹林宗祐の娘である。

彩子の死までは、その存在さえ知られていなかった。彩子の死後、彩子の遺言状が開封されたとき、夫、笹林宗祐の遺言状が同封されているのが見付かった。

そこには、宗祐が彩子と結婚する前に、他の女性との間に儲《もう》けた娘がいることが記されていた。それが川本咲帆だったのである。

宗祐は遺言状で、自分の死後、〈ＢＳグループ〉代表を妻に委《ゆだ》ねること、万一妻も早死にしたときは、川本咲帆にすべてを継がせること、と指示していた。

そのことは、彩子の遺言でも明記されていて、川本咲帆は宗祐が正式に認知した娘だった。

むろん、〈ＢＳグループ〉は大騒ぎになり、同時にマスコミでは、〈シンデレラ現わる！〉とワイドショーまでが取り上げた。

当の川本咲帆はドイツの大学に進み、卒業後は現地でいくつかアルバイトをして暮していた。今、二十五歳。

マスコミで騒がれたこともあって、〈ＢＳグループ〉としては、宗祐の指示に一応従わないわけにいかなくなった。

かくて、ドイツで貧乏暮しをしていた二十五歳の娘が、突然ファーストクラスのチケットを送られ、帰国することになったのである。

笹林彩子の秘書として働いていた唐沢恵美は、川本咲帆の秘書になることになって、今日こうして迎えに来ているのだ。

恵美が一人で来たのは、咲帆がこの便で着くことが知れたら、マスコミが殺到すると分っていたからだったが……。

「——そろそろ出て来るわね」

と、恵美が言った。

到着口から、同じ便の乗客らしい人が二人、三人と出て来た。

恵美が、一人一人の顔を確かめていたときだった。

「おい！」

と、菊池が言った。「マスコミだ」

ドドド、と地響きのような音をたてて、TVカメラマンや記者が何十人も一斉に走って来た。

「どうして——」

と、恵美は愕然《がくぜん》として、「あなたが？」

「俺じゃない！」

と、菊池が怒ったように言った。

しかし、来てしまったものを追い払うことはできない。恵美はアッという間にカメラのレンズを向けられ、囲まれてしまった。

「どうして秘密にするんですか？」

「空港内で記者会見を！」

といった声が上る中、恵美は何とか声を張り上げて、

「待って下さい！　咲帆さんはまだ状況をよく分っていないんです！　あまり騒がないで下さい！」

と言ったものの、とても抑えられそうもない。

「──あれかな？」

と、片山が言った。

到着口から、いささか古ぼけたスーツケースをガラガラと押しながら、若い娘が現われた。おずおずとロビーを見回している。

「あの子だ」

と、菊池が言った。

片山は石津へ、

「ガードしてやれ」

と言った。「取り囲まれたら動けなくなる」

「はい！」

石津が小走りにその娘の方へと向う。

「あの――」

「川本咲帆さん？」

「はい」

「スーツケースを持ちましょう」

と、石津が娘のスーツケースを手に取る。

マスコミが気付いて、

「あの子だ！」

と、声が上る。

そのとき――グレーのコートに身を包んだ女が一人、川本咲帆に向って駆け寄った。

石津が気付いた。片山は、女の手に光るものを見て、

「危い！」

と叫んだ。

石津が咲帆の前に立ちはだかる。

女が刃物を突き出すと、石津の脇腹を傷つけた。

「石津！」

片山が駆け出す。グレーのコートの女はパッとコートを翻して逃げた。

「片山さん！」

「石津――」

石津が脇腹を押えて、

「何だか――痛いです」

と言うと、二、三歩よろけて踏み止《とど》まった。

押えた手の下から血が流れ出た。

咲帆が青ざめて立ちすくむ。

「しっかりしろ！」

片山が石津を支えた。「大丈夫か！」

「ちょっと……キズテープ、ありませんか？」

と、石津は言って、膝《ひざ》をついた。

マスコミは唖然《あぜん》として、その光景を眺めていた……。

# 2　陰謀

「お兄さん！」

という声に片山が振り向くと、妹の晴美と三毛猫のホームズが病院の廊下を駆けて来るのが目に入った。

「お兄さん、石津さんが刺されたの？」

と、晴美は言った。

「ああ。しかし、脇腹を切りつけられただけだ。命に別状ない」

晴美は大きく息を吐いて、

「——良かった！　メール読んで、びっくりして飛んで来たのよ」

と言うと、片山をにらんで、「お兄さんがついていながら、何なのよ！」

「仕方ないだろ。まさか、あんな危険があるなんて、思ってもみなかったんだ」

と、片山は言い返した。「——石津に行かせなきゃ、あの子が刺されてた」

「例の〈シンデレラ〉ね？　刺したのは？」

「女だってことしか分らない。俺の位置は斜め後ろだったんで、顔が分らなかったんだ」

「逃げちゃったの？　どうして追いかけなかったのよ！」

「石津の傷の方が心配だったんだ。それにロビーは人が多くて、とても……」

「まあ、いいわ。ともかく石津さん、助かったんですものね」

「顔を見せてやれ。喜ぶぞ」

「うん」

晴美は肯《うなず》いて、「ホームズ、行って声かけてあげよう」

「ニャー」

「私の代りに石津さんにキスしてあげる？」

「よせ」

「冗談よ」

とても「恋人」のことを心配しているようには見えない。

「病室、どこ？」

「こっちだ」

と、片山が前に立って歩いて行く。

晴美は目を丸くして、

「特別室？」

「最初は普通の病室だったんだ。そしたら、〈BSグループ〉からの依頼で特別室に移された」

「へえ！　きっと一日何万円も取られるのね」

「〈BSグループ〉が払うそうだ」

「いいわね。私も泊ろうかな」

「温泉旅行に来てるわけじゃないぞ」

ドアからして違う。――本物の木のドアである。

中へ入ると、正に「ホテルのスイートルーム」である。

ソファセットがあり、付き添い人用のベッドもある。バスルームもついていて、キッチンもある。

「石津さんの部屋より広いわね」

と、晴美が感心している。「石津さん……」

石津は点滴で痛み止めが入っているせいか、半分眠っているような状態だったが、晴美の声にパッと目を開けて、

「晴美さん！　わざわざ見舞に来て下さったんですか！」

「当然よ。お兄さんが刺されるところだったのにね。痛む？」

「まあ、多少は……。でも、これも仕事ですから」

「ホームズもお見舞に来てるわ」

ホームズがベッドにヒョイと飛び乗って、

「ニャー」

と、やさしく（?）声をかけた。

「どうも……。恐縮です」

本来猫恐怖症の石津だが、晴美が一緒にいると大分平気になった。

「ゆっくり静養してね」

「そうはいきません！　明日には退院して、捜査に加わらないと……」

「無茶言うな」

と、片山が言った。「一応一週間は入院だそうだ」

「私も毎日見舞に来るわ」

「それでしたら、もう一か月でも一年でも」

「勝手な奴だ」

と、片山は笑って言った。

そこへドアが開いて、

「片山さん。――先ほどは」

と、唐沢恵美が入って来た。

「やあ、後は大丈夫でしたか？」

「はい。それで――咲帆さんがぜひあの刑事さんにお礼を申し上げたいと……」

恵美が傍《かたわら》へ退くと、川本咲帆がおずおずと入って来た。

片山はちょっと面食らった。

帰国してまだ何時間かしかたっていないのに、咲帆はすっかり変っていた。

年齢にしては少し地味だが、すみれ色のスーツを着て、それが良く似合った。髪もきれいにセットされて、長旅の疲れはいささかも感じられない。

恵美の配慮の結果だろうが、咲帆は一種の風格のようなものさえ漂わせていた。

しかし、性格まではそう簡単に変らない。

「どうも……申しわけありませんでした」

と、ためらいがちに、ベッドの石津の方へと近付く。「私のためにこんな……」

「これが仕事ですから」

と、片山が言った。「あなたがご無事で何よりでした」

「ええ……。私がどうして狙われるんでしょう？　何もしていないのに」

と、咲帆は心から嘆いていた。

「これからもよろしく」

と、恵美が片山へ言った。「むろん、私どもでも、充分に用心いたしますが」

片山は何とも言えなかった。刑事はボディガードではない。

「私のせいで、他の人が傷つけられるなんて……。石津さん、どうか私を恨まないで下さい」

と、咲帆は涙ぐんでさえいる。

「お気づかいは無用ですよ」

と、石津が言った。「僕は頑丈にできてまして。少々のことじゃ殺されません」

「でも……」

と言いかけたきり、咲帆はベッドのそばに立っていたが――。

突然、咲帆は石津の上に身をかがめると、その唇にキスした。

誰もが呆気《あっけ》に取られている内に、咲帆は病室から駆け出すように出て行ってしまった。

ただ一人、動じなかったのは、唐沢恵美だった。平然と一礼して、

「失礼いたしました」

と、ひと言、静かに病室を後にする。

ポカンとしていた晴美は、

「――何よ、あれ！」

と、ドアが閉ってからしばらくして、やっと目をむいて怒った。「いきなり失礼だわ！」

「す、すみません」

と、石津が言った。「よける間がなくて――」

「石津さんが悪いんじゃないわよ」

晴美はしかめっつらをして、「この次は助けてやることないわ！」

と言ったのだった……。


「分った」

と、ケータイを切って、「あと十分ほどでこっちへ着かれるそうだ」

と、丸顔の男が言った。

顔だけでなく、体つきも丸くて太っている。童顔だが髪は真白になっているので、全体が妙にアンバランスでおかしい。

「唐沢君からか」

と、対照的にやせて神経質そうな男が言った。

「うん。途中咲帆さんのたっての願いで、負傷した刑事を見舞に寄ったそうだ」

「なるほど。――もし本当に咲帆さんが刺されていたら……」

「一体誰があんな馬鹿なことをしたの？」

と、苛々《いらいら》とした口調で言ったのは、真赤なスーツ姿の女性だった。

「こっちをにらむなよ、俺じゃない」

と、やせた男が言った。

「別にあなたがやったとは思ってないわ。やってない、とも思ってないけど」

「まあ、ここで喧嘩《けんか》はやめてくれ」

と、太った男がなだめて、「咲帆さんがみえるんだ。気持よく迎えよう」

やや意味ありげな沈黙が、会長室の中に広がった。

集まっている三人は、〈BSグループ〉の中核をなす三つの企業のトップである。

丸い体に丸い顔がのっている今井《いまい》健一郎《けんいちろう》は〈BS電機〉の社長。五十五歳で、高血圧は見た通りである。

やせた佐々木《ささき》信広《のぶひろ》は五十三歳。〈BS通信機〉の社長。

そして赤いスーツの女性は、〈BSグループ〉の海外との取引のすべてを引受けている〈BSインターナショナル〉の社長、北畠《きたばたけ》敦子《あつこ》である。五十歳で、英語、フランス語に中国語も自由にこなす。

「――あと十分？」

と、北畠敦子が言った。

「あと……八分くらいかな」

と、今井健一郎が言った。「唐沢君は正確だからな」

「八分あれば充分だわ」

と、北畠敦子は言った。「私たちで決めておかないと。咲帆さんをどう扱うか」

「どう、と言って……」

佐々木信広が眉《まゆ》をひそめて、「今さら代表と認めないとは……」

「それは無理よ。マスコミがあんなに騒いでるんですもの」

と、北畠敦子は首を振って、「しかも、マスコミは咲帆さんに好意的だわ」

「いつの世も、大衆はシンデレラ物語が好きなのさ」

と、佐々木が苦笑しながら言った。

「ともかく、宗祐様も彩子様も、咲帆さんが後を継ぐことを望んでおられた。その通りにするのが我々の務めだよ」

と、今井健一郎が言った。

「もちろんよ。ただ――分るでしょ？　私が心配しているのは、素人が事業に口を出して来たら、現場は大混乱になるってこと」

「それはないだろう。まだ二十五歳だぜ」

「誰か、彼女に入れ知恵する人がいれば別だわ」

「といって、どうするんだ？」

「一番私たちがやりやすいのは、咲帆さんに〈BSグループ〉のシンボルとしてマスコミ向けの顔になっていてもらうこと。そして仕事には一切口を出さない」

「それはそうだが……」

「私たちで、そうなるように持って行けばいいのよ」

「そんなことが——」

「できるわよ。何しろ、向うは何も分らないんだから」

と、北畠敦子は微笑んで、「そうね。——恋人ができるといいわ。仕事どころじゃなくなるでしょ」

「そううまく行くかい？」

「ともかく——」

と、今井が真顔で、「代表としての知識を持っていただいて、自分の立場を自覚していただかないと」

「私だって、それは分ってるわ。ただ、マスコミの注目を、上手く利用するべきだと思うの」

「どうやって？」

と、佐々木が訊《き》く。

「頼りないこと言わないで。あなたの所が一番、そういう工作を必要としてるのよ」

「そんなことは言われるまでも……」

「じゃ、まず情報網を駆使して、咲帆さんを刺そうとしたのが誰か、調べ出して」

「分ってるよ」

と、佐々木は渋い顔で言った。

そのとき、ドアをノックする音がして、

「失礼します」

と、ドアが開き、唐沢恵美が顔を出した。

「遅くなりました。川本咲帆様です」

三人の社長が立ち上る。

スーツ姿の咲帆が静かに会長室に入って来る。

「お待ちしておりました」

今井が進み出て、「ここが、あなたのお部屋です」

と言った。

「ここが……」

「宗祐様も、彩子様も、お使いでした」

咲帆は広い会長室の中を見回すと、

「テレビ、ついてます？」

と言った……。

台所から、カレーの匂いがしていた。

菊池浩安は玄関を上ると、

「おい、今日は出かけないのか？」

と、声をかけた。

「あ、帰って来たの？　ごめん！　聞こえなかったわ」

会田クルミはガスの火を止めて、「もうすぐご飯も炊けるわ。すぐ夕飯にする？」

「そうだな……。お前はどうするんだ」

と、菊池はコートを脱いで放り投げた。

「食べて行きたいけど……。時間がないの。もう出ないと」

「じゃ、俺は自分で用意するよ」

「ううん、やらせて。何分でもないわ」

クルミは、カレー皿やスプーンを出して、テーブルに並べた。「カレーしか作れなかった。ごめんね」

「充分だよ」

と、菊池は椅子を引いて座った。

「そうだ。今日、あの〈シンデレラ〉とかって女の人が成田で刺されそうになったでしょ。TV見てたら、あなたがチラッと映ってた。嬉《うれ》しかったわ」

「たまたま居合せたのさ」

と、菊池は言った。「そうだ。今日持ち込んだ記事が一つ売れたよ」

「凄《すご》いじゃない！」

と、クルミは目を輝かせた。

「評判が良ければ、続きものを任せてくれるかもしれないんだ」

「絶対大丈夫よ！」

クルミは、二十四歳にしては幼い笑顔で、飛び上りそうにして、「じゃ、私も一緒にカレー、食べて行こうっと！」

と、自分の皿を出したのだった……。


「ごめんね」

カレーを食べながら、会田クルミが言った。

菊池浩安は食べる手を止めて、

「——何だ？」

と言った。「何か壊したのか？」

「違うわ。ご飯作るレパートリーがちっともふえないから」

「ああ。そんなこと、文句言ってないじゃないか」

と、菊池は笑って言った。「その代り、カレーとハンバーグは絶品だ」

「ありがとう」

クルミは微笑んで、「優しいのね」

「何を言ってるんだ」

菊池は手を伸して、クルミの柔らかな髪に触れた。

「――あ！　もう行かないと」

と、クルミは腰を浮かした。

「片付けは俺がやるから。行っていいよ」

「ごめんね、いつもやらせちゃって」

クルミはすぐに謝る。――それも本当に申し訳なさそうに謝るのだ。

「荷物は？　バス停まで運ぼうか」

「平気よ！　重くないもの」

クルミはジーンズをはいて、ハーフコートをはおった。

「帰りは明日？」

と、菊池は訊いた。

「うん。でも夜になるかも。あのディレクター、しつこいの」

と、クルミは顔をしかめた。「遅くなっても帰って来るわ」

「何かあったら、ケータイにかけて。迎えに行く」

「うん！　じゃあ行って来ます！」

クルミが出て行く。アパートの階段をカタカタと駆け下りる足音がした。

菊池は、少し間を置いて、またカレーを食べ始めた。

やり切れない思いはある。といって、

「そんな仕事、やめちまえよ！」

とは言えない。

今の菊池は、クルミの収入で養ってもらっている身である。

「──あれ？」

菊池の目が、ふと奥の鏡台の方へ向いた。

そこに置いてあったのは、クルミがいつも持って歩いている化粧品を入れたポーチ。

「あいつ……」

忘れて行ったのかな？──まあ、珍しいことじゃない。

菊池はスプーンを置いて立ち上った。

まだバス停にいるかもしれない。もちろん、使わないから置いて行ったのかもしれないが……。

ともかく、持って行ってやろう。

菊池は急いでそのポーチを手に取ると、玄関のサンダルを引っかけ、部屋を出た。

二階建の古いアパートなので、今は半分くらいの部屋しか入居していない。家主からは、近々建て直すので、二、三か月したら出て行ってもらう、と言われていた。

階段を小走りに下りて、アパートの外へ。バス停までは、五、六十メートルしかない。

広い通りへ出ると、バス停が目に入った。しかし——数人待っている客の中に、クルミの姿は見えない。

おかしいな……。そう思ったとき、車が一台、バス停の方から走って来た。国産のスポーツカーで、色は真紅。

その車は菊池のすぐ傍を走り抜けて行った。そして——一瞬だったが、菊池はその車の中に、クルミの顔を見ていたのだ。

助手席に座ったクルミは、どこかぼんやりとして遠くを眺めているようだった。菊池には気付いていない。

菊池は、運転している男の顔をチラッと見ていた。サングラスをかけて、髪を肩まで伸し、真赤なマフラーを巻いていた。

見当がつく。——あれはクルミの言っていた「しつこいディレクター」だろう。

ディレクターが車で迎えに来ることを、たぶんクルミも知っていたのだろう。いや、もしかすると、向うが勝手にやって来たのか……。

「どうでもいい、か……」

そう呟《つぶや》いて、菊池は手にしたクルミのポーチをちょっと宙へ投げ上げて受け止めた。

アパートへ戻って、カレーをまた食べる。

いつまで、この暮しを続けるのか。

クルミが自分に尽くしてくれるのに、どこまで甘えているつもりなのか……。

だが、俺にはやらなきゃいけないことがある。どうしても途中で放り出すことはできない。クルミには可哀そうだが……。

――会田クルミは〈女優〉である。

といって、演技などできない。演技もセリフもほとんど必要のない、アダルトビデオの女優なのである。

小柄でふっくらとして可愛く、またきついスケジュールの撮影でも、いやな顔を見せず、我ままも言わないので、スタッフにも好かれていた。

この一、二年、この世界では人気があって、ほとんど毎月のように新しいビデオが出た。

ギャラもそれなりに上ったが、大部分は菊池が「取材」につかってしまう。クルミは、またそれが嬉しそうなのである。

しかし――いくら「やらせ」が当り前の世界でも、仕事となればクルミは相手を選んでいられない。充《あ》てがわれた男に身を任せ、何人ものスタッフの目の前で喘《あえ》いで見せなければばならない。

菊池にしても、胸が痛まないわけではない。

しかし今は仕方ない。——仕方ないのだ。

菊池は、カレーを食べ終ると、皿を台所に運んで洗い始めた……。

# 3　予　言

「片山さん！」

ロビーへ入って来たものの、どこへ行ったらいいのやら、キョロキョロしていた片山へ、よく通る声が呼びかけた。

「やあ、どうも」

片山は唐沢恵美が足早にやって来るのを見てホッとした。

「こんな所までおいでいただいて、すみません」

と、唐沢恵美は言った。

「いや、仕事ですから、どこへでも行きますよ」

と、片山はTV局のロビーを見渡して、「ここで、咲帆さんは何の仕事ですか？」

「TV出演です、もちろん」

と、恵美は言って、「ご案内します」

と、先に立って歩き出した。

恵美は歩きながら続けた。

「何しろ、話題の〈シンデレラ〉ですから、あちこちからインタビューや取材の申込みが多くて。いちいちやってはいられませんが、全部断るというわけにも……。それで、この局がうちの会社と多少縁があるものですから、ここに出ることにしたんです」

「なるほど」

「でも、成田での事件については、捜査中ということで、番組中で取り上げないでくれと言ってあります」

恵美はそう言って、「あの石津刑事さん、傷の具合はいかがですか?」

「もう明日退院だそうです。ご心配いただいてどうも」

「良かったわ! 咲帆さんも心配されています」

「妹はびっくりしていました」

「ああ、晴美さんとおっしゃいましたね。すみません。石津さんと婚約されてるんですね」

「いや、そこまではっきりとは……」

「咲帆さんはドイツにおられたので、相手にキスしたりするのが割合普通なんです。ご迷惑でしたら……」

「ああ、なるほど。妹にそう言っときます」

「――このスタジオです」

と、恵美は足を止めて、「もう準備に入っていて。お話は番組が終ってからでよろしいですか？」

「もちろん、どこか隅の方でお待ちしてますよ」

「すみません。生放送のワイドショーなので、どうにも……」

助手らしい女性が、ライトを浴びて立っている川本咲帆のそばであれこれ説明している。

咲帆はやや緊張の面持ちで小さく肯《うなず》いていたが、唐沢恵美の姿を見付けると、ホッとした様子で微笑んだ。

「何だと？」

苛々《いらいら》した声で誰かが怒鳴った。「どういうことだ！」

スタジオの中がシンと静まり返った。

「あと十五分しかないんだぞ！　どうするんだ！」

――何か手違いがあったのか。

片山は別に関係ないので、スタジオの隅で立って眺めていたが、かなり大変なことらしく、スタッフが焦って駆け出したりしている。

「――どうしたんです？」

唐沢恵美がやって来たので訊《き》くと、

「困ったもんですね」

と、恵美は苦笑して、「そんなの、やめてくれと言っておいたんですけど」

「はあ？」

「ほら、今人気のある占い師がいるでしょ？　東敏子《ひがしとしこ》って」

「ええ、年中ＴＶに出てますね」

「あの人のコーナーがあって、咲帆さんの運勢を占うことになっていたんですって。ところが、東敏子が帰っちゃったと」

「どうしてですか？」

「咲帆さんが今日の主役でしょ。自分が主役でないとご機嫌悪いらしくて」

「ひどいな。それで帰っちゃうなんて」

「でも、もともと占い師なんかに、あることないこと言われても……。何とか、そのコーナーを番組の後ろの方へ持って来て、代役を呼んで来ることになったようです」

ＴＶの仕事も楽じゃなさそうだ、と片山は思った……。

番組がスタートした。

川本咲帆は緊張気味に座っていたが、実際はそれほどしゃべるわけでなく、ビデオなどで、咲帆が〈シンデレラ〉になるまでを辿《たど》ったりしている方が長かった。

「今のお気持は？」

　などと司会者に訊かれても、咲帆は、

「突然のことなので、よく分りません」

　と答えるばかりだった。

　そう答えるしかないだろうな、と片山はそれを眺めながら思った。

　それにしても、司会者の質問のつまらないことには呆《あき》れた。くり返し出て来るのは、

「莫大《ばくだい》な財産を相続した」

　ということばかり。

「何億円ぐらいですか？」

　などと当人に訊いても、返事のできるわけがない。

　唐沢恵美を見ると、怒りで顔が引きつっている。きっと番組終了後はスタッフを怒鳴りつけるだろう。

　CMの時間になったとき、誰かがスタジオへ入って来た。

「――おい、こっちだ！」

　と、プロデューサーが手招きする。

　何だか妙な柄の長い服をまとった女性で、頭にはネッカチーフを巻きつけている。

「誰なんだ？」

「占い師のイザベル・鈴木《すずき》です」

と、助手が言った。「すぐ呼べるのが他にいなくて」

「聞いたことないぞ」

「はあ。この間、朝の番組で紹介されて」

「ともかく、今さら仕方ない。テロップを作れ！」

急に呼ばれた方もどぎまぎしている。

「あの……何をすれば……」

「ゲストの子の運勢を見て、適当に言ってくれりゃいいんだ」

と、助手が腕を取って、「こっちこっち。――そこに座って」

無茶するな、と片山は笑ってしまった。

「相手は川本咲帆さん。今評判の〈シンデレラ〉だ。知ってるだろ？」

「〈シンデレラ〉？」

「もう時間だ！　あと十五秒！」

女占い師は、キョトンとしたまま、椅子に取り残された……。

「では、恒例の〈ゲストの未来〉のコーナーです」

と、司会者の男性が言った。「今日はいつもの東敏子先生が、都合でお休み。代りに今注目の占い師、イザベラ・鈴木先生をお招きしました！」

急にスポットライトが当って、女占い師は面食らっていたが、

「どうも……。あの……私、イザベルです」

「は？」

「イザベラでなく、イザベル」

「あ、こりゃ失礼。ま、大して違いませんよね！　ハハハ……」

名前を間違えるのが「大して違わない」？　片山はイザベルという占い師が気の毒になった……。

「では、今日のゲスト、川本咲帆さんにどんなすてきな未来が待っているのか、占っていただきましょう！」

咲帆が、イザベルの向いの椅子にかけた。

「では……手を拝見します」

と、咲帆の手を取ったが……。

一瞬、イザベルの顔が青ざめるのが、片山にも分った。

「こんなこと……」

と、呟《つぶや》くように言って、「あなたは――おいくつ？」

「二十五ですが……」

イザベルは目を見開いて、じっと咲帆の顔を見つめている。

司会者は時間を気にして、

「さあ、どうですか？」

と、イザベルを促した。

笑顔はこしらえているものの、引きつって、ただの「変な顔」になっている。

「あなたは……」

イザベルが咲帆の手を両手で挟んで、「最近、危うく死をまぬがれましたね」

「はい……」

「幸運でした。でも、あなたには〈死〉がまとわりついています」

その言葉に、スタジオが凍りついた。

「〈死〉が？　私、死ぬんですか？」

咲帆も本気で訊き返した。

「分りません。でも、あなたの周囲で、何人もの人が死ぬでしょう。あなたは外国から戻って来られたんですね」

「はい、ドイツから」

「あなたは〈死〉を伴って来たんです。ドイツでも、あなたの親しい人が死んだはずです」

「まさか、そんな……」

咲帆が青ざめる。

「CM！　CMだ！」

と、誰かがマイクに入るのも構わず叫んだ。

「――どういうつもりだ！」

と、プロデューサーが飛んで来て、イザベルを怒鳴りつけた。

「私は……『占え』と言われたので、占っただけです」

「TV番組で、あんな縁起でもないことを言う奴があるか！」

「でも、本当のことです」

と、イザベルも必死に言い返す。「嘘はつけません」

「貴様！　二度とTVに出られんようにしてやるぞ！」

プロデューサーがイザベルの胸ぐらをつかんだ。

「何を……なさるんです」

「スタジオから叩《たた》き出してやる！」

放ってはおけない。

片山は駆けつけると、そのプロデューサーの腕を取って、

「やめなさい！」

「口を出すな！　貴様は何だ！」

太ったプロデューサーは顔を怒りで真赤にしている。

「警察の者です」

片山が警察手帳を見せると、さすがにプロデューサーも手を離したが、

「ともかく、とんでもない奴だ！」

「いいですか」

と、片山は言った。「この占い師を呼んだのはあなた方ですよ。この人が何を言っても、それはあなた方の責任でしょう」

唐沢恵美がやって来て、呆然《ぼうぜん》と立ちつくしている咲帆の肩を抱くと、

「ともかく、こんな番組に出したのが間違いだったわ。咲帆さん、すみません」

「いえ……」

咲帆は首を振って、「この人、私のことを何も知らされてなかったのよね」

「咲帆さん――」

「私、本当に〈死〉を連れて来たのかしら。そもそもが、彩子さんの死から始まったことだわ」

「占いなんて、当りませんよ！　さあ、帰りましょう」

司会者があわてて、

「待って下さい！　まだ番組が終ってません」

「勝手にやって。咲帆さんを連れて帰ります！」

と、恵美が司会者をにらむ。

そのときだった。

「おい……。苦しい……」

と、絞り出すような声を出したのは、プロデューサーだった。

みんなが唖然《あぜん》として見ている前で、プロデューサーは胸をかきむしるようにして、突然太った体で床へ崩れ落ちるように倒れたのである……。


「――大丈夫ですか？」

唐沢恵美は、紙コップのココアを持って来て、咲帆に渡した。

「ありがとう……」

咲帆はまだ青白い顔をしていた。ココアを一口飲むと、

「あの人……死んだの？」

と訊《き》いた。

「今、救急車が来ています」

貧血を起して倒れた咲帆を、控室の一つに運んだのだ。

「どうですか」

片山が入って来た。

「片山さん、あの倒れた人は？」

と、咲帆が訊いた。

「どうも……。手遅れだったようです」

「じゃあ……」

「手は尽していましたがね。もともと心臓が悪かったようですよ」

「見れば分るわ」

と、恵美が言った。「咲帆さん、あんな占い師の言ってることなんか、信じちゃだめですよ」

「でも……」

恵美のバッグの中でケータイが鳴り出した。

「私のケータイだわ」

と、咲帆が言った。

本番中、恵美が持っていたのだろう。

恵美がバッグから取り出して咲帆に渡す。

「――もしもし。――ヤア！　ミラ？――ヤアヤア」

咲帆がドイツ語で話している。

片山はちょっと不安になって恵美の方を見た。恵美は厳しい表情で、

「偶然ですよ」

と言った。「占いなんて、当るわけがないわ!」

「ヴァス?」

咲帆の声が高くなった。

そして、二言三言話すと通話を切って、

「——恵美さん」

「何かあったんですか?」

「今、ドイツにいる友だちのミラから……。私がドイツでお付合いしてた男の子——ハンスが、車にはねられて死んだと……」

片山も言葉がなかった。

「——お気の毒でした」

と、恵美は言った。「でも交通事故は珍しくありません。そうでしょう?」

しかし、恵美の言葉は咲帆の耳に全く入っていないようだった。

「父が事故で死んで……。彩子さんが自殺して……。ハンスが車に……。あのプロデューサーも」

と、ひとり言のように呟《つぶや》くと、「こんなに一人の人間の周りで人が続けて死ぬことなんてある? まともじゃない。こんなの、普通じゃないわ」

「咲帆さん――」

「私にあまり近寄らない方がいいわよ」

と、咲帆は固い表情で言った。「片山さんも。私に近寄ると死んでしまう」

「ちっとも構いません」

と、恵美が言った。「私は咲帆さんの秘書です。おそばにいて何かあっても、それで咲帆さんがご無事なら」

「あなたって……」

咲帆は泣き出した。気持がたかぶっているのだろう。片山は、

「お話はまた改めて伺いましょう」

と言った。

「そうして下さる？」

恵美が片山に感謝の目を向けた。「――そうだわ。石津さんの退院祝いをやりません？ね、咲帆さん」

「ええ……。すてきね」

咲帆は涙を拭《ふ》いて、「石津さんは何がお好きかしら？」

「何でも」

と、片山は即座に答えた……。

# 4　メンバー

「お味はいかがでございましたか」

支配人が、多少不安げな顔で訊いてくる。

「ええ、とってもおいしかったわ！　ねえ、厚川《あつかわ》さん」

「本当！　量もほどほどで、ちょうどいいわ」

「お気に召していただけて何よりです」

支配人はホッとしたように、「どうぞごゆっくりなさって下さい」

「ありがとう」

——支配人が戻って行くと、今井瞳《ひとみ》は、

「だめね、全然。味つけがなってない」

と、眉《まゆ》をひそめた。「まあ、デザートがおいしいから救われてるけど」

「本当ね」

厚川沙江子《さえこ》はコーヒーを飲んで、「このコースでこのお値段は高いわね」

正面切って文句など言わないだけに、怖いのである。この「評価」が、明日には仲間内の夫人たちの間に流れて定着する。

「――もう会った？」

と、厚川沙江子は訊いた。

「あの娘《こ》？　いいえ、まだ直接には」

と、今井瞳は首を振った。「もちろん主人は毎日顔を合せてるようだけど」

「どうなるのかしら」

「まあ、グループのトップにお人形さんみたいにのっかっててくれればね。困るのは、何か自分でやりたがったときだわ」

「でも、何もできないでしょ。素人の娘が」

「妙な知恵をつける男が現われなきゃね」

と、今井瞳は肯《うなず》いた。「唐沢さんが気を付けてるはずよ」

「あの人なら大丈夫ね。頭の切れる、よく気が付く人ですもの」

少し話の間が空いて、厚川沙江子は、

「そうそう」

と、バッグを開けた。「急だけど、あさっての歌舞伎のチケットが回って来たの。もしよかったら、いかが？」

チケットを取り出してテーブルに置く。

「あさってね……。ごめんなさい、このところちょっと忙しくて。誰か他を当ってちょうだい」

「分ったわ」

「せっかく言ってくれたのに、悪いわね」

「いいえ、こっちこそ急な話で。——あら、メールが入ってる」

と、沙江子はケータイを取り出して見ると、

「ごめんなさい」

と、席を立った。「息子からだわ。ちょっと電話して来ます」

「ええ、どうぞ」

沙江子はレストランの入口辺りまで行って、ケータイのボタンを押した。

「——もしもし。——今、訊《き》いてみたわ」

沙江子は声をひそめて、「今井さんの奥様、あさってはやっぱり都合が悪いって。——そうなのよ。やっぱり何か企《たくら》んでるんじゃない？——だめよ、何の用かなんて訊いたら変でしょ。怪しまれちゃうわ。——ええ、必要ならそうして。——それじゃ」

切ろうとして、沙江子は、

「え？——この後？　まあ……そうね。少しぐらい遅くなっても。——いいわ。じゃ、今

井さんと別れたら、連絡するわ」

沙江子の頰に赤みがさしていた。

――今井瞳は、ウエイターに、

「コーヒーをもう少しいただける?」

と、声をかけた。

タバコをやめて一年。今でもときどきむしょうに喫《す》いたくなることがある。やたらコーヒーを飲んだり、クッキーをつまんだりする。

原因は苛立《いらだ》ち。夫への苛立ちである。

「本当なら……」

本当なら、夫が〈BSグループ〉のトップに立っているはずなのに。

今井健一郎は〈BS電機〉の社長だ。グループ企業の中でも〈BS電機〉は規模が桁違《けたちが》いに大きく、収益も大きい。

笹林宗祐、彩子が相次いで亡くなって、後継者は誰か、となったとき、当然のように今井健一郎が推された。

笹林家の財産は財団などで管理するにしても、誰かがグループのトップに立たなければならない。

だが――今井健一郎はためらっていた。そしてためらっている内に、あの川本咲帆の存在が明るみに出てしまった。

瞳は夫に、

「あなたが宣言してしまえばいいのよ」

と、たまりかねて言った。

しかし、今井は、

「宗祐様の遺志だ。守らなくちゃ」

と言い張った。

そして今――〈BSグループ〉は事実上、今井と〈BS通信機〉の佐々木信広、〈BSインターナショナル〉の北畠敦子の三人が合議制で動かしている。

トップに立つチャンスを、今井は自ら退けたのである。

瞳の苛立ちはそのせいだった。

でも――なぜ彩子さんはピストル自殺なんかしたのかしら？

あの夜、今井瞳も夕食会に招《よ》ばれて出ていた。――彩子に、「死の予兆」のようなものは感じられなかったが。

「ごめんなさい」

と、厚川沙江子が戻って来た。

沙江子の夫は、〈BS電機〉の部長。沙江子もまた、あの夜居合せたメンバーの一人である。

「行きましょうか」

と、瞳は言った。「車があるわ。乗って行く？」

「ありがとう。私、ちょっと息子の用で人に会わなきゃならないの」

と、沙江子は言った。

――二人はレストランを出た。

運転手つきの車が、瞳を迎える。

「それじゃ」

と、瞳は車に乗ろうとして、「――そうだわ。唐沢さんが、彩子さんの後を継いで、川本咲帆さんもあの屋敷で会を開くって言って来たわ」

「まあ……。でも何だかいやね」

と、沙江子は顔をしかめた。「あのときのことを思い出すじゃない」

「でも、仕方ないわ。それに、この目で、あの娘のことを確かめるチャンスよ」

「それもそうね」

「とりあえず、初めはお茶でも、ってことで。まあ、夕食会が〈茶話会〉になるってわけね」

と、瞳は言った。「日取りは改めて連絡が来るって。それじゃ」

「どうも……」

瞳は車に乗って、息をつくと、運転手に、

「自宅へ」

と言った。

車が走り出し、沙江子の姿が見えなくなると、

「ちょっと停めて」

と、車を道の脇へ寄せて停めさせた。

少しして、タクシーが一台、後方から来て走って行った。間違いない。沙江子だ。

「あのタクシーを尾行して」

と、瞳は言った。「気付かれないようにね」

——分りやすい人だわ。

沙江子は男に会いに行くのだ。——沙江子はそんなとき、いつも頬がポッと赤くなっているので、すぐに分る。

いつもなら放っておくが、今は〈非常時〉である。

沙江子が誰と会っているか、場合によっては、〈味方〉から〈敵〉へと分類を変える必要も起きてくる。

タクシーは夜の町を急ぐ。

尾《つ》けている瞳はワクワクして来て、いつしかタバコを喫えない苛々《いらいら》も忘れていた……。

「あの……」

と、おずおずと声をかけて来た女性。

「は？」

片山は食事の手を休めて、「何か？」

「もしかして……刑事さん？」

「ええ、まあ……」

「やっぱり！」

と、ホッとしたように、「今日はありがとうございました」

片山が面食らっていると、一緒に夕飯を食べていた晴美が、

「ああ！　今日、ＴＶに出てた占い師さんね」

と言った。

「え？」

片山は、ごく普通のセーター姿のその女性を見直して、「――ああ！　本当だ」

あの、イザベル・鈴木だったのである。

「どうぞご一緒に」

と、晴美が勧める。

「よろしいんですか?」

「ええ。——あ、テーブルの下、気を付けて下さい。ホームズがいます」

「え?」

イザベルはテーブルの下を覗《のぞ》き込んで、「まあ、今晩は」

と、三毛猫と鼻を突き合せていた。

「ニャー……」

と、ホームズが応じる。

焼肉屋で、石津も交えての夕食。——今、石津はお肉の追加を頼みに行っている。

「お待たせしました!」

石津は何と、お肉の皿を自分で運んで来た。「注文して待ってるより、自分で持って来た方が早いんで」

「とても退院したてのけが人にゃ見えないな」

と、片山は苦笑した。

結局、一人だというイザベルも加わってのにぎやかな夕食になった。

「——本当に、あのプロデューサーの方は気の毒でしたね」

と、イザベルは言った。

「ニャー……」

と、ホームズがテーブルの下で哀悼の意を表した。

「じゃ、〈イザベル・鈴木〉って、本名なんですか」

と、晴美が言った。

「ええ」

と、イザベルは少し恥ずかしそうに、「見たところ分らないでしょ？　父はスペイン人なんです」

「へえ……」

「でも、もう父も母も亡くなって。——私は施設で育ったんです」

石津が、食べる手を一旦《いったん》休めて、

「でも占い師っていいですね。宝くじの当り番号とか分らないんですか？」

「石津さん、失礼よ」

と、晴美がつつく。

「分ったら、占い師はみんな大金持ですね」

と、イザベルは笑って言った。

「しかし……」

と、片山が言った。「今日、TV局で話していたことは——」

「あれは本当にそう見えたんです」

と、イザベルは言って、「——馬鹿ですね。TVなんかで、そんなにむきになって本当のことを話しても、誰も喜ばないのに」

「でも、それは占い師としての良心なんでしょう?」

と、晴美が訊《き》く。

「いえ……。妙な意地ですね。施設に育ったせいもあって、いつも自分は一人だっていう気持が強いんです。他の人のご機嫌を取ったり、お世辞言ったりするのが苦手で」

「性格ですか」

「ひねくれてるんでしょうね。あのときだって、相手の咲帆さんのことは知りませんでしたけど、誰だって『死にとりつかれてる』なんて言われたら、いい気持がしないに決ってますもの。もう少し言い方を考えれば良かったんです」

「分ってらしても、そうできないんですね」

「ええ。——占い師でも、もちろん何の能力もない、インチキ同然の人もいますけど、本当の能力がある人でも、プラスの方向へ予知できる人と、マイナスの方向へ予知する人といるんです。私はどうもマイナス方向に、いつも能力が働くので、占ってあげても、少しも喜ばれません」

と、イザベルは苦笑して、「ストレスがたまるんです、占う方も。それで焼肉を一人で食べる、という寂しいことになるんです」

「いや、食べられるのは幸せです」

と、石津が言った。「僕も明日の食事は最低四回と予知できます」

みんなが大笑いして、イザベルも大分気が楽になった様子だった。

ウエイターが片山たちのテーブルのそばを通ると、イザベルが、

「あ、ちょっと」

と呼び止めた。

「は？」

「その先、足下に油がこぼれてますよ。滑って転ぶわ、そのまま行くと」

「は……。どうも」

ウエイターはけげんな表情でイザベルを見ると、そのまま他のテーブルへと向って――。

みごとに足を滑らし、手にしていた盆のスープや肉が床に飛び散った……。

「これは凄《すご》い」

片山が目を丸くして、「分ったんですね」

「信じてくれなければ、役に立ちません」

と、イザベルは寂しそうに言った。「人は良くない未来を信じたがらないものです」

「川本咲帆さん自身には危険が？」

「今のところは、彼女自身に危険が及ぶことはないようですが……」

と、イザベルは言った。「でも、まだ彼女の周囲で人が死ぬでしょう」

「まあ、色々と微妙な立場だから、あの子は」

と、片山がため息をついた。

「一つ、伺ってもいいですか」

と、イザベルが言った。「あの咲帆さんの手を取ったとき、いつもならご両親の姿が見えるんですけど、咲帆さんの場合、とてもその姿が薄く見えて……。ご両親は今どうされてますか？」

「父親は亡くなってますよ。笹林宗祐といって、〈BSグループ〉のオーナーでした。母親は川本幸子《さちこ》という女性ですが――」

「行方不明なのね、確か」

と、晴美が言った。「娘をドイツ留学させて、それっきり……」

「マスコミは、母親がどこかで生きてるんじゃないかと書いてますがね」

と、片山は言った。「ただ、あの咲帆さん自身が、あまり母親のことを気にしてない様子でね。――きっと親子の間で、何かあったんでしょう」

「そうですか……」

イザベルはふしぎそうに、「私の間違いかもしれませんけど……」

「何がです？」

「咲帆さんのご両親のことです。私にはお二人とも影は薄くても、生きていらっしゃるように思えたんです……」

「生きて？　でも笹林宗祐は——」

「ええ、きっと私が間違ってるんですね」

と、イザベルは笑って、食事を続けた。

片山と晴美は何となく顔を見合せた。ホームズは頭を上げて、その話を聞いていたようだった。

そして石津は、ただひたすら食べることに熱中していたのである……。

タクシーは、あるマンションの前で停った。

厚川沙江子が料金を払って、せかせかとマンションの中へ入って行く。

「——停めて」

と、今井瞳は運転手に言った。

マンションの入口から少し離れて停ると、瞳は車から降りた。

ごくありきたりのマンションである。

受付はもう人がいない。二十四時間、受付に人を置くほどの高級マンションではないのだろう。

瞳は郵便受の名札を見たが、知った名はない。いや、名札の入っていない部屋が半分近くもある。

どうしようか……。

厚川沙江子は普通の主婦だ。帰りが真夜中になると、いくら何でもまずいだろう。きっと、ここのどこかで男と会って、あわただしく抱かれ、忙しく帰って行く。

それなら待っていてもいいのだが……。

ロビーで今井瞳が迷っているとき、エレベーターが一階へ下りて来て、扉の開く音がした。瞳は反射的に、ロビーの隅に置かれていた観葉植物の鉢のかげに駆け込んだ。

夜は電気代を節約しているのか、ロビーはかなり薄暗いので、見付からないだろう。

「――リカ！　待ってくれ！」

と、聞いたことのある男の声がした。

小走りにエレベーターの方からやって来たのは、若い娘だった。

どこかで見たことがある、と瞳は思ったが、すぐに分った。

「リカ！　待ってくれ！」

と、追いかけて来て、その娘の腕をつかんだのは、〈BS通信機〉の社長、佐々木だったのである。

「やめてよ！」

と、その手を振り放して、「さっさと部屋へ戻ったらいいじゃない！　彼女が待ってるわよ！」

「なあ、落ちついてくれ。俺は何も……」

「お母さんに釈明したら？　私はお父さんの妻じゃないわ」

佐々木の娘だ。確かまだ大学生だったろう。

「お前が怒るのは分る。しかし、大人の世界には色んなことがあるんだ」

佐々木はワイシャツの胸をはだけて、裾《すそ》もズボンからはみ出している。

「ええ、分ってるわよ！　社長になれば愛人の一人や二人、当り前だって言いたいんでしょ！」

「そんなことは言ってない！　ただ、母さんがあんな風で、俺も寂しかったんだ」

「何よ！　お母さんが入院したのも、元はと言えばお父さんが秘書の女と別荘にいるのを、お母さんが見ちゃったからじゃないの」

「それは……」

「違うとは言わせないわよ！　今度はお母さんが入院して寂しいから？　勝手だわ！」

「リカ……。後で話そう」

「聞きたくないわ！」

リカは父親を正面からにらみつけて、「あの人、厚川さんの奥さんでしょ。ご主人に教えてやる」

「それはよせ！　彼女は家庭が……」

「お父さんが面倒みてあげれば？」

リカはそう言い捨てて、マンションから駆け出して行った。

佐々木は呆然《ぼうぜん》と立ちすくんでいる。

エレベーターの扉が開いて、厚川沙江子が降りて来た。

「佐々木さん……」

「沙江子。――すまん」

と、佐々木が肩を落とす。

「リカちゃんが、どうしてこのマンションのことを？」

「分らん。しかし――君の責任じゃない。悪いのは僕だ」

「そんな……。今さら、いいとか悪いとか言わないでよ」

沙江子は佐々木の胸に顔を埋《うず》めた。

「ともかく……今日はもう……」

「ええ、帰るわ」

沙江子はちょっと涙ぐんでいたが、「これっきりってこと、ないわよね」

「それは……」

「お願い。これで終りなんて言わないで」

「ああ……。終りにしたくないよ」

二人が唇を重ねる。


一杯に望遠にしたビデオカメラのモニター画面に、はっきりとキスしている佐々木と厚川沙江子の顔が捉《とら》えられていた。

「これでよし……」

菊池はそう呟《つぶや》くと、録画を止めた。「充分だ」

通りの向い側で、菊池はカメラを手に待っていたのである。

マンションから厚川沙江子が小走りに出て来て、急ぎ足で立ち去った。

佐々木は一旦《いったん》部屋へ戻ったのだろう。

そして、少し間を置いて、今井健一郎の妻、瞳がマンションから出て来た。

「権力争いか」

と、菊池はニヤリと笑った。「大いにやってくれ」

そのとき、

「あなたね」

と、声がした。

菊池が振り向くと、佐々木リカが立っていた。

「あなたが私に、このマンションのことを知らせてくれたのね」

「ああ、僕だ」

リカの頰は涙で濡《ぬ》れていた。

「ありがとう。父がどうするか分らないけど……。これじゃ、母がみじめ過ぎるわ」

菊池は、怒りも悲しみも、どこへぶつけていいか分らない様子で立ちすくむリカを見て、胸が痛んだ。

「すまない」

と、菊池は言った。「君を苦しめるつもりはなかった」

「そんなことはいいの。ただ――教えて。あなたは誰？」

「僕のことは知らない方がいい」

「でも――」

「僕の都合で言ってるんじゃない。君のためなんだ」

「どういう意味？」

「危険だ。深入りすると、君の身にも危険が及ぶ」

リカはじっと菊池を見つめて、

「今さら、そんなこと言わないで。話してちょうだい。私には聞く権利があると思うわ」

菊池はしばらく黙っていたが、

「──分った」

と肯《うなず》いた。「その代り、一つ頼みを聞いてくれないか」

「言ってみて」

「その前に、涙を拭《ふ》いてくれないか。見ていて辛《つら》い」

リカはちょっと当惑顔で、ハンカチを出して涙を拭《ぬぐ》った。

「これでいい？」

「できれば、笑ってみてほしい」

「無茶言わないで」

と言って、リカは笑ってしまった。

「それでいい」

菊池は微笑んだ。「──行こう。そろそろ君の親父さんがマンションから出て来るだろう」

「ええ。どこに行くの？」

「さあね。僕もあてがない」

菊池はリカを促して、夜道を歩き出した……。

## 5　死の匂い

「片山さん」

と呼ばれてハッと目を覚ました片山は、初めて自分が居眠りしていたことに気が付いた。

「や、失礼！」

と、頭を振る。

「いいえ」

唐沢恵美は笑って、「こっちこそ申し訳ありません。一時間もお待たせしてしまって」

「ああ、もうそんなにたちますか」

と、片山は腕時計を見た。「半分以上は眠ってましたね」

「咲帆さんがお待ちです」

片山はソファから立ち上って欠伸《あくび》をした。

「ニャー」

「ワッ！」

片山は飛び上りそうになって、「――そうか！　ホームズも一緒だったんだ」

「石津さんもですわ」

「あれ？　そういえば石津はどこへ行ったんだろう？」

「社員食堂で、遅めの昼食を」

「あいつ……。すみません。ちゃんと昼を食べてるのに」

片山がケータイで石津へかけると、

「もう食べ終って、そちらへ向っています」

という返事。

「全く……。じゃ、咲帆さんの所へ。もう石津も来ますから」

川本咲帆を〈ＢＳグループ〉の本拠地であるビルへ訪ねて来た。

会長室にいる咲帆を訪ねて来る客が引きもきらず、ゆっくり話を訊《き》こうとやって来た片山たちが一時間も待たされたというわけである。

広い廊下へ出て会長室へ向っていると、石津が途中で追いついて来た。

「片山さん！　いや、旨《うま》い社員食堂ってのもあるんですね」

と、感動している様子。

ホームズは片山たちの前を堂々と（？）歩いている。

片山がホームズを連れて来たのは、咲帆の希望だった。ホームズが「いて下さると」、緊張せずに話ができるということだ。

「——どうぞ」

唐沢恵美が会長室のドアを開ける。

「いらっしゃい」

奥の方で、咲帆が立ち上った。

広々としているが、会長室というにふさわしく、壁の絵画や一つ一つの家具も、部屋に合うように慎重に選ばれたものだ。

「おかけ下さい」

と、咲帆はソファのそばに来て、「お待たせしてすみません」

「いや、こちらこそ、お忙しいのに……」

「忙しいと言っても、訪問客と会って、意味のないおしゃべりをしてるだけ。出てったとたんに、その客のことなんか忘れてる」

「そんなものじゃないかな、仕事なんて」

と、片山は微笑んで、「意味のあることばかりやろうとしたら、仕事なんて進まない。むだがなきゃ」

「むだばかりでもだめですけどね」

と、石津が付け加えた。「僕みたいに」

「ニャー」

「ホームズ！　会いたかったわ！」

咲帆はホームズの方へかがみ込んで、その毛並をなでながら、「私、何だか落ちつくの、ホームズを見ていると」

「ニャー」

「ホームズも喜んでますよ」

と、片山はソファに落ちついて、「今日伺ったのは――」

そのとき会長室のドアが開いて、

「聞いて下さい！」

と、中へ入って来た女性がいた。「あ……。失礼しました」

「厚川さん。突然いらしても困ります」

と、恵美が歩み寄って、「咲帆さんにご用でしたら、少しお待ち下さいな」

「すみません。そんなつもりじゃ……」

と、厚川沙江子は口ごもって、「じゃ……お待ちしてます」

「どうぞ、外で」

恵美は厚川沙江子を会長室から出して、「失礼しました」

と、片山の方を振り返った。

「〈BS電機〉の部長の奥さんですわ」

と、恵美は言った。「急に何の用なのかしら……。あ、ごめんなさい。コーヒーでもお持ちしますね」

恵美が出て行く。

「本当に」

と、咲帆は言った。「恵美さんがいなかったら、私、何もできないわ」

「優秀な人ですね」

「よく気が付くし……。あ、片山さん、お話って?」

「あなたのお母さんのことを伺いたいんです」

と、片山は言った。

「母のことですか……」

咲帆は、ちょっと目を伏せて、「今は——行方が分らなくて」

「そのことは週刊誌の記事にもありましたね。しかし、事実をあなたご自身の口から伺いたくて」

と、片山は言って、「ただ、前もって言っておきますが、これは正式な捜査ではありません。僕と石津が訪ねたとき、笹林彩子さんがピストル自殺されたんです。それが今でも気になっていまして」

「分ります」

「ですから、彩子さんの死に係る事実を、色々集めているんです。もしあなたが話したくなければ、無理にとは言いません」

咲帆は肯《うなず》いて、

「分りました。私の話といっても、何かお役に立つかどうか分りませんが……」

と、少し考えるように間を置いて、「私が母を最後に見たのは、高校の卒業式の日でした……」


「咲帆！」

と、親友の弥生《やよい》が駆けて来た。

「やあ」

卒業証書をもらって、講堂を出て来た。

爽《さわ》やかに良く晴れた三月。

「今日は誰かみえてるの？」

と、弥生が言った。

「うん、母は来てるはず。どこにいるか分らなかったけど」

やはり、卒業式となると、誰もが涙にくれる。泣かないつもりだった咲帆も少しはハンカチをしめらせた。

感激屋の弥生はまだグスグス泣いている。

「三年間か……。短かったね」

と、弥生は言った。「咲帆——大学、どうなったの？」

「うん……。うちは母と二人きりだしね。短大に行っても、大して勉強できないでしょ。たぶんどこかの事務員になる」

と、咲帆は言った。「でも、雇ってくれる所あるか、それが心配」

「そうだね。——今、父親たちだって仕事ないんだもの」

咲帆の住む、地方の小都市は、商店街も半ばシャッターが閉って〈シャッター通り〉などと呼ばれているほど不景気だ。

高卒で、特別な技能もコネもない咲帆に、いい職場を望むことは難しかった。

「弥生は東京でしょ」

「うん。結局A学院に決めた」

「凄《すご》いじゃない！　いいなあ、東京で一人暮しか」

「お金かかるけどね。ね、遊びにおいでよ」

「ありがとう」

言葉だけではない。分っていても、現実には咲帆に東京へ遊びに行くだけの余裕があるかどうか……。

咲帆の母、川本幸子は今四十五歳。駅前のスナックを一人で切り盛りしている。

不景気は、同業のスナックやバーを次々に閉店に追い込んでいたが、幸子のスナックは、場所がいいこともあって、何とか潰《つぶ》れずに頑張っていた。しかし、このところ、かなり客も減って楽でないことは、咲帆も知っていたのだ……。

「弥生、いつから東京に行くの？」

「今週の末には。母と一緒に行って、部屋片付けてもらわないと」

「もう部屋、見付かったんだ」

「うん。一応マンションなの。１ＬＤＫだけどね」

「へえ、凄いなあ」

「若い娘が一人で住んで安全な所って、父が自分で上京して探して来てくれた」

「いい男の子、見付けな」

「もちろん！――あ、来た」

弥生の両親がやって来た。

父親はどこかの社長さんだ。三つ揃いがいかにもさまになっている。

「まあ、咲帆ちゃん。色々ありがとう」

「いえ……」

「お母様、さっきお見かけしたけど。何だか途中で出て行かれたわよ」

「そうですか……」

「じゃ、行きましょ。――咲帆ちゃん、元気でね」

「どうも……」

両親の方は、もう咲帆のことなど眼中にない、という様子だった。

咲帆は周りを見回して、

「お母さん、どこに行っちゃったんだろ」

と呟《つぶや》いた。

他の子たちが、両親と一緒に次々に帰って行く。咲帆は一人、取り残されそうだった。

すると――校門の前に黒塗りの大型車が一台停った。

こんな小都市ではめったに見かけることのない車だ。誰だろう？

咲帆は目を疑った。車から一人、降り立ったのは、どう見ても母だったのだ。

車の中の誰かと、二言三言話していたが、すぐに小走りにやって来る。車は走り出して行ってしまった。

「咲帆、ごめんね！」

と、幸子は息を弾ませている。

「別にいいけど……」

「あんたが卒業証書を受け取るのは、ちゃんと見てたわよ」

幸子は黒のスーツにちょっと派手なネックレスをしていた。

「今の車は？」

「ああ、うちのお客さんよ。ちょっと用があって」

咲帆は母が嘘を言っていると察していた。母と娘でずっと二人暮しである。微妙な口調で分る。

「ね、二人でお祝いしようか」

と、幸子は明るく言った。

そのまま二人は、母のスナックの近くへ出て、中華料理を食べてお祝いした。

「――ね、咲帆」

と、ビールを飲みながら、幸子が言った。「大学のことだけど……」

「分ってる。無理して行っても仕方ないよ、どこか仕事探す」

と、咲帆はチャーハンを食べながら、軽い口調で言った。

「誰がそんなこと言った？」

「だって……。うち、そんな余裕ないじゃない」

「お母さんのこと、見くびらないで」

と、幸子はちょっと得意げに、「ちゃんと大学へ行かせてあげる」

「え？　だって……。今ごろ言われても、もう受験なんて、とっくに終ってるよ」

「日本じゃね」

　咲帆は面食らって、

「どういう意味？」

「あんた、前に言ってたでしょ。ドイツに留学したい、って」

「ああ……。もう忘れてたよ、自分でも」

「向うの大学は秋からでしょ？　今からでも間に合うんじゃないの？」

　咲帆は呆気《あつけ》に取られて、

「お母さん……。酔っ払ってる？」

「失礼ね！　自分の言ってることぐらい分ってるわよ」

「私に――ドイツへ留学しろって言うの？」

「行きたければね」

「そりゃあ……。でも、そんなお金、どこにあるの？」

「私に任せて」

　と、幸子は明るく笑った……。


その翌朝、咲帆は八時ごろ目が覚めた。

もう学校はないのだから、もっとゆっくり寝ていても良かったのだが……。

「お母さん？」

起き上って、隣の布団に母の姿がないのに気付く。——幸子は午後遅くスナックへ出かけて行くから、お昼近くまで寝ているのが普通だ。

しかし、今朝は布団に寝た跡がない。

やや不安になって、咲帆は起き出すと、ガラッと襖《ふすま》を開けた。

食事をするテーブルに、貯金通帳と印鑑、そして一通の手紙が置いてあった。

「お母さん……」

咲帆は急いで封を切った。

間違いなく母の字で、〈咲帆へ〉と書き出されていた。

〈びっくりさせてごめんね。

お母さんはしばらく一人で旅に出るわ。連絡しなくても心配しないで。お母さんは大丈夫。

たぶん、何年かは帰らないと思う。あなたはそのお金でドイツ留学の夢を叶《かな》えてちょうだい。

一人になっても、栄養のバランスをよく考えて食事するのよ。

元気でね。

幸子〉

――咲帆は狐につままれたような気分だった。

「今日って、エイプリルフール……じゃないよね」

ドイツ留学？　それどころじゃない！　お母さんが「家出」なんて……。

咲帆は通帳を開けてみて、びっくりした。

昨日の日付で、一千万円が入金されていたのだ。

「何なのよ！」

と、咲帆は頭を抱えた。

――その日一日、母が帰って来ると信じて咲帆はじっとアパートから動かなかった。

母の持っていたケータイにもかけてみたが、解約してしまっていた。

夜になっても母は帰らず、咲帆はお腹が空《す》いて、近くに食べに出た。

捜索願を出そうかと思ったが、本人が「旅に出る」「心配しないで」と書いて行っているのでは、捜してもらえないだろう。

わけが分らないまま、咲帆は三日間、ほとんどアパートから出なかった。

しかし、咲帆のケータイにも何の連絡もなく、母、幸子は姿を消してしまったのである……。

「私はそれから猛勉強して、ドイツ語をマスターし、ドイツの大学に留学することができました」

と、咲帆は言った。「でも、母は私のケータイ番号を知っているはずですから、ずっと待ち続けていました」

「じゃ、本当にそれっきり？」

「ええ……。あのお金は、切りつめた生活をしていたので、かなり残っています」

「お母さんからは何の連絡もないんですね」

「ありません。私がこんなことになって、もし母が知れば、きっと何か言って来ると……」

咲帆は首を振った……。

厚川沙江子は、応接室の一つに通されて、ぼんやりと座っていた。

「お茶ぐらい出ないの」

と、退屈紛れに口に出したとき、ドアが開いた。

沙江子は、ちょっと目を見開いて、

「あら、こんな所で……」

と、笑顔になったが、すぐにその笑顔はかき消された。

「何なのよ……」

沙江子はそろそろと立ち上った。

その顔に「恐怖」が影を落とし、沙江子はこわばったように動けなくなった。

「何するの……。やめて……。お願いよ……」

言葉は、ほとんど音にならずに消えた。

沙江子は、伸びて来た手が喉《のど》にかかると、初めて「助けて……」と言いかけた。

しかし、助けを求めるには、すでに遅すぎたのである……。


「遅くなってすみません」

唐沢恵美が会長室へワゴンを押して入って来た。上にのせたコーヒーポットから、香り高いコーヒーの気配が一杯に広がった。

「やあ、おいしそうな香りですね！」

と、石津が思わず声を上げた。

「そうおっしゃっていただけると」

と、恵美が微笑んで、「コーヒー通だった前会長のお好みで、特別に輸入している豆です。淹《い》れるのにも手間取って」

恵美が白いコーヒーカップを片山たちと咲帆の前に置き、ポットから熱いコーヒーを注ぐ。

「私、コーヒーの味って、ちっとも分らない」

と、咲帆が笑って、「本当に私、笹林さんの子なのかしら」

咲帆は何気なく言ったのだろうが、一瞬、恵美の顔から笑みが消え、片山はあのイザベル・鈴木の言葉を思い出していた。

「じき、うるさくおなりですよ」

と、恵美は言った。「コーヒーの豆が切れてたりすると、『南米まで買いに行きなさい！』とか怒鳴られて……」

「私、そんな風にはならないわ」

と、咲帆は心外、という表情で、「だって、恵美さんがいなきゃ、一日だってここに座ってられない」

「ほら、それって、私に『絶対休暇を取らせない』っておっしゃってるのと同じですよ」

「――あ、そうか」

咲帆の言葉が、ワンテンポずれていたので、一斉に笑いが起った。

「ニャーゴ」

「すみません。ホームズも結構コーヒーにはうるさくて。ちょっと飲ませてやってもらえますか」

と、片山が言った。

「気が付きませんで！　ミルクじゃなくてコーヒーを？　まあ、やっぱり並の三毛猫じゃないんですね。すぐ器をお持ちします」

「いや、ゆっくりで。猫舌ですから、冷めないと飲まないので」

「分りました」

恵美が会長室のドアを開けると、

「キャーッ！」

と、甲高い叫び声がした。

「——何かしら」

と、コーヒーカップを置いて、咲帆が言った。

「すぐ見て来ます」

恵美が動く前に、スーツ姿の女性社員が転るように駆けて来て、

「唐沢さん！　大変です！」

と、上ずった声を出した。「あの——あの——」

「どうしたの？　落ちついて！　はっきり言いなさい！」

恵美の厳しい口調が、その女性社員をやや立ち直らせた。

「応接室で……厚川さんの奥様が、亡くなっています」

片山は反射的に立ち上っていた。

「亡くなってるって——」

「床に倒れてらして……。首に紐《ひも》が」

「それじゃ——殺されたということ？」

と、恵美は目を見開いて言った。「片山さん、これは——」

「案内して下さい。すぐ一一〇番通報して、救急車にも来てもらうように」

「分りました」

指示を受けて、その女性社員は少しホッとした様子で、自分を取り戻していた。

「——応接室はこっちです」

と、恵美が先に立って行く。

ドアの一つが開いていて、その前に青ざめた顔で男性社員が呆然《ぼうぜん》と立っていた。

「何も手を触れないように」

と、片山は言って、そのドアの中を覗《のぞ》いた。

さっき会長室へ顔を出した女性が床のカーペットの上に倒れて、一見して絶命していると分った。

首に深く食い込んだ紐は、緑色の細い紙紐だった。——片山は死体の顔をあまり見たくなかったが、今は仕方ない。

「沙江子さん……」

と、恵美が立ち尽くしている。

「沙江子さんとおっしゃるんですか」

「厚川沙江子さんです」

「ああ！　そうか」

片山は思わず声を上げた。「笹林彩子さんが亡くなったとき、あの屋敷におられましたね」

ずいぶん髪型などが変っていたので、分らなかったのだ。

「でも、どうして……」

「厚川さんが、咲帆さんに会って何を話すつもりだったか、分りますか」

「さあ……。見当もつきません」

と、恵美は首を振って、「個人的にお付合いはなかったので……」

片山は念のために脈を診たが、

「だめですね」

と、ため息をついた。「しかし、会社の中で殺されたとなると……」

「どういうことでしょう？」

そのとき、ホームズが片山に向って甲高く一声、「ニャー」と鳴いた。

「――そうか。石津！　このビルの人の出入りを止めろ。唐沢さん、出入りは記録されていますか?」

「そのはずです」

と、恵美は言った。「今はセキュリティの問題で、社への出入りはうるさくなっていますから」

だが、厚川沙江子がいつ殺されたか、はっきりしない。その間に、大勢の人間がこのビルに出入りしているだろう。

「それに、出入り業者の営業マンとか、足止めされると困ると思います」

と、恵美は言った。

「分ります」

片山は石津へ連絡して、「出入りを止めるのは無理だ。ただ、記録は残すように言ってくれ」

と命じた。

片山は少し落ちついて、

「しかし、犯人が社内の誰かだとすると……」

「でも、どうして……」

恵美は途方に暮れたように呟《つぶや》いた。

そこへ、

「またなのね」

「――咲帆さん」

恵美が急いで言った。「ご覧にならない方が――」

「いいえ、見なくては」

咲帆は厳しい表情で、応接室の戸口に立った。

そして、厚川沙江子の死顔を見ると青ざめた。

「私のせいね」

「咲帆さん――」

「この人、私に何か言おうとしてたんだわ。それで殺されてしまった」

「やったのは人間ですよ」

と、片山は言った。「あなたのせいじゃありません」

「でも……」

ニャーと鳴いて、ホームズが咲帆の足下へ寄って行く。咲帆はかがみ込んで、

「ホームズ……。慰めてくれるのね。ありがとう」

と、ホームズの体を撫《な》でた。

そのとき、恵美がハッとして、

「厚川さん！」

と言った。

やせ気味の、ちょっと陰気な印象の男がやって来るところだった。

「どうも会長……」

と、足を止めて頭を下げ、「お忙しいと思いますが、今井社長からの伝言がございまして」

「厚川さん……」

と、恵美が言った。「今、ここへ？」

「は？――ええ、外を何か所か回って来たので」

「厚川竜治《りゅうじ》さんです」

と、恵美は片山に言った。「〈BS電機〉の品質管理部長で……」

「じゃ、沙江子さんのご主人――」

「ええ」

厚川はキョトンとして、

「女房がどうかしましたか？」

と訊《き》いた。「何かご迷惑をかけたんでしょうか」

「いや、そうじゃないんですが……」

「厚川さん、聞いて下さい」

と、恵美が進み出て、「奥さんが亡くなったんです。しっかりして下さいね」

「はあ？　女房が……」

厚川は目を見開いて、それからちょっと笑った。「からかわないで下さい！　あんな奴、殺したって死にゃしませんよ」

片山は、

「警視庁の者です」

と、警察手帳を見せて、「奥さんは殺されたんです。ここで」

厚川はポカンとしている。

「沙江子が？　しかし、どうしてこんな所に――」

「理由が分らないんです。お心当りは？」

「いや……」

厚川は当惑した様子で、「で、女房は今どこにいるんですか？　入院させた方がいいんでしょうか」

「厚川さん……。その応接室の中で……」

と、恵美が指さした。

厚川はスタスタと応接室のドアの所までやって来ると、中を覗き込み、

「沙江子です。――おい、何してるんだ」

「誰かが紐《ひも》で絞殺したんです」

と、片山が言った。

「じゃ……本当に？」

「犯人は内部の人間かもしれません」

厚川は、やっと状況が分ったらしく、

「沙江子が……」

と言ったきり立ち尽くしていた。

# 6 内紛

鑑識が現場の応接室を調べているところへ、晴美がやって来た。

「お兄さん」

「やあ、来たか」

と、片山は言った。「ここが現場だ」

「死体は？」

「まだそのままだ」

晴美は応接室の中を覗《のぞ》いた。

「——そうだ、お前、咲帆さんのそばにいてくれないか」

「彼女、大丈夫？」

「かなり落ち込んでるよ」

「無理もないけど。今どこにいるの？」

「会長室だ。ホームズがそばについてる」

片山は晴美を促して歩き出した。

「――殺された人のご主人がいたって？」

「ああ、〈BS電機〉の部長だ。〈電機〉は別のビルなんだが、用事でここへ来てたと言ってる」

「奥さんは何しに？」

「分らないんだ。咲帆さんに何か話そうとしてたのは確かだが」

「ふしぎな事件ね。こんな昼間の会社の中で殺すなんて。社員が大勢いるわけでしょ。いつ人が通るか分らないのに」

「それだけ急を要した、ってことだろうな」

と、片山は言った。「よほど、咲帆さんと会って欲しくなかったんだ」

「でも、部長の奥さんが何を知ってたのかしら？」

「さあ……。ここだ」

片山が会長室へ入って行くと、咲帆はソファに横になって、ホームズと遊んでいた。

「あ、片山さん」

「休んでていいですよ」

「ごめんなさい。人が亡くなったっていうのに不謹慎ね」

「そんなことは……」

咲帆は起き上って、

「もう大丈夫です。ホームズがついててくれたおかげで、しっかりしました」

「ニャー」

と、ホームズが真顔で（?）鳴いた。

「ホームズはお医者様ね」

咲帆はホームズを撫《な》でながら言った。

「――失礼します」

唐沢恵美が入って来た。「咲帆さん、パーティに出るなら、もう出かけませんと」

「パーティに？　こんなときに――」

「私どもの社内の事情です。他の社の方が待っておられますわ」

「でも……」

と、咲帆は片山の方を見た。

片山は唐沢恵美があえて咲帆を「仕事の場」へ連れ出そうとしているのだと察した。

ここでじっとしていても、落ち込むだけだ。

「どうぞ出かけて下さい」

と、片山は言った。「ただ、ここをもうしばらく使わせていただいてもいいですか？」

「はい、もちろん」

「お兄さん」

と、晴美が言った。「私とホームズも、お供しようかしら」

「ぜひそうして！」

と、咲帆はホームズを抱き上げて頬ずりした。

「では、十分したらお迎えに参ります」

と、恵美が会釈して出て行こうとすると、

「唐沢さん！」

と、女性社員が息を弾ませて入って来た。

「どうしたの？」

「今、パソコンを開いたんですけど、映像が――」

「映像？」

「はい。みんなのパソコンに出ています。たぶんここのにも」

恵美が、会長のデスクへと大股《おおまた》に歩いて行って、パソコンの電源を入れた。

ややあって……。

「これね」

と、恵美は言った。「片山さん、見て下さい」

片山たちもパソコンの画面を覗いた。

「——映像ですね。女性は厚川沙江子だな。男の方は……」

「〈BS通信機〉の社長の佐々木さんです」

と、恵美は言った。

どこかのマンションらしい建物から、二人は手をつないで出て来るところだった。

同様の写真が五、六枚パソコンに入っていた。

「——どう見ても、普通の仲じゃないな」

と、片山は言った。

「まさか……」

と、恵美はため息をついて、「佐々木さんの奥様はノイローゼで入院してらっしゃるんです。原因はやっぱりご主人の女性関係だと聞いてますけど」

「お兄さん」

と、晴美が言った。「もしかして、厚川さんのご主人がこの映像を見ていたら？」

「そうか。——厚川は奥さんを問い詰めるつもりで捜しに来たのかもしれない」

「この映像がいつパソコンに流れたかね」

しかし、厚川がこの映像を理由に妻を殺したとは考えにくい。

「——一度この佐々木という人にも会わなくてはなりませんね」

と、片山は言った。

「じゃパーティにご一緒に」

と、恵美が言った。「佐々木さんも、〈BS電機〉の今井社長、〈インターナショナル〉の北畠社長も揃ってます」

「しかし、ここを放って行くわけにも――」

と、片山は迷ったが、「石津、後を頼むぞ。また戻って来る」

「分りました」

石津はやや寂しそうに、「あの――出ている食事がおいしそうでしたら、ぜひお弁当箱に詰めて――」

「持って帰れるか！」

と、片山は顔をしかめて、「分ったよ。一緒に来い」

「いえ、そういう意味じゃ……。でも、あえて同行しろとおっしゃるのなら」

石津の言い方に、聞いていた咲帆が笑い出した。

「ぜひ行きましょう。あのホテルは宴会用の料理がおいしくて有名なんです」

「分りました！」

石津の目が輝いた……。


確かに、おいしくないわけではなかった。

しかし、片山はのんびり料理を取っていられなかった。

「——川本咲帆でございます」

咲帆は、健気《けなげ》に笑顔で挨拶《あいさつ》して回っていた。

ホテルの大宴会場を借りてのパーティは、数百人の客で埋っていた。

「少しロビーに出てましょうね」

ホームズを抱き上げた晴美は、人をかき分けてパーティ会場から出た。

「——人疲れするわね」

と、晴美はホームズをカーペットの上に下ろした。

受付に立っている若い男女の社員四、五人は、することもなく退屈している様子だった。

「あの……」

と、おずおずと声をかけたのは、まだ二十三、四の若い女性で、「佐々木さんという方はおられますか」

どう見ても、パーティの客ではない。

「ただの佐々木じゃ分らないよ」

と、受付の男性が横柄な口をきいた。

「あの……〈BS電機〉の——あ、違った。〈BS通信機〉の佐々木さんです」

「佐々木社長ならみえてるけど——。あんたは？」

「あの……菊池の代理の者です」

「代理？　用件は？」

「それは——」

「あれ？」

と、もう一人の男性社員がその女性の顔を見て、「もしかして——会田クルミじゃないか？」

「いえ、あの——人違いです」

と、どぎまぎして顔を赤らめる。

「やっぱり！　間違いないや」

「誰なの、それ？」

と、受付の女性が訊《き》く。

「少なくとも、このパーティには関係ないよ。AV女優がこのパーティに招かれてるわけないものな」

と笑って、「もしかして余興で裸になるのかい？」

晴美は歩み寄って、

「ちょっと待ちなさいよ」

と、受付の男性をにらみつけた。「どんな職業の人でも、ここに人を訪ねて来たお客でしょ。そういう言い方はないんじゃない？」

「何だよ。あんたは」

「川本咲帆さんのお友だち。――早く佐々木さんを呼んでらっしゃいよ」

「何だと？」

ムッとした様子の男性を、同じ受付の女性がたしなめて、

「この方のおっしゃる通りよ。ちゃんと呼び出しなさい」

と言った。「すみません。失礼なことを申し上げて」

「いえ……。本当にAV女優なんですもの、私」

「一目で分るなんて、相当よく見てるのね」

受付の女性の言葉に、みんなが笑い出してしまった。

会田クルミは少し照れたように微笑んだ。

「――あら」

そこへ出て来たのは、唐沢恵美だった。「クルミさんね？　そうでしょう」

「あの……」

「菊池さんと一緒にいたとき、会ってるわ」

と、恵美は言った。

そう言われて、クルミは嬉《うれ》しそうに頰を染めた。

「唐沢さん――ですね」

と、会田クルミは言った。

「ええ。どうしてここへ？」

と、唐沢恵美は訊いた。

「佐々木さんという方に……。彼の代理なんです」

「菊池さんの？」

「はい。菊池さん、ちょっと昨日から熱出して寝込んでいて」

「まあ。――分ったわ。待ってて。佐々木さんを呼んで来てあげる」

「すみません」

恵美はパーティの中へ戻って行くと、さすがにすぐ佐々木を連れて戻って来た。

「僕に何か用か？」

佐々木は不機嫌そうに言った。

「菊池の代りに来ました」

と、クルミは言った。

「菊池はもう〈BS通信機〉を辞めた人間だぞ。用なんかないはずだ」

と、佐々木は突き放すように言った。

「でも……。あの、ちょっと」

クルミは佐々木を促して、ロビーの離れた方へと連れて行った。

「兄に厚川沙江子さんとのことを訊かれて、すっかり機嫌悪くしてるんですね」

と、晴美は言った。

「それは自分のせいですものね」

と、恵美は言った。「あの会田クルミって、菊池のために本当に一生懸命尽くしているんですよ」

恵美は、佐々木のことより、菊池が寝込んでいることの方が気になっている様子だった……。

「何だって？」

佐々木が驚いたように声を上げた。

会田クルミの話の何にそんなにびっくりしたのか。——恵美はけげんな表情で、佐々木とクルミの方を見た。

「そんなこと、俺は知らん！」

佐々木は怒った口調でクルミに向ってそう言うと、足早にパーティ会場の方へ戻って来た。

「どうなさったんですか？」

と、恵美は訊いたが、佐々木は答えずに会場へと入って行ってしまった。

クルミはじっと立ちすくんで動かなかった。

恵美はクルミの方へ小走りに近寄ると、

「クルミさん」

「私、菊池さんの伝言を伝えただけです」

と、クルミは、ちょっとふくれっ面になって、「どうしてあの人があんなに怒るのか、分りません」

「いいのよ。いつも怒ってる人なの、あの人は」

と、恵美は言った。「菊池さん、具合はどうなの？　よほど悪い？」

「自分じゃ大丈夫だと言ってますけど……」

「そうね。普通なら、あなたにこんな仕事を頼まないわね」

「ええ。それで私も心配です。熱のせいで起きられないみたいで」

「相当な熱ね。——クルミさん、菊池さんの体が第一でしょ？　私が手配するから、菊池さんを入院させて」

クルミは、ためらうことなく、

「はい」

と肯《うなず》いた。

「一緒に行ってあげたいけど、咲帆さんについていないと……」

晴美が聞きつけて、

「唐沢さん、咲帆さんのことなら、今夜は兄も石津さんもついてるから大丈夫。私が咲帆さんを部屋まで送って行くわ」

「晴美さん。お願いしていいですか」

「ええ、任せて下さい」

「一応咲帆さんに話して来ます」

恵美はパーティへと駆け戻った。

――会場では、咲帆がせっせと料理を皿に取って食べていた。すぐそばでは石津がガードを兼ねて、食事している。

「ご挨拶《あいさつ》は済んだんですか？」

と、恵美は咲帆の所へやって来て訊いた。

「まだ。だって、恵美さんがいないと、誰に挨拶していいかも分らないんだもの」

恵美はため息をついて、

「分りました。――でも、私、ちょっと行かなきゃいけない所が」

「私を置いて？」

「申しわけありません」

「どこに行くの？」

恵美が事情を説明すると、咲帆は肯いて、

「成田に来ていたっていう人ね？　あなたの元の彼氏」

「どうしてそんなことばっかり憶《おぼ》えてるんですか？」

と、恵美は渋い顔で言った。

「いいわ。じゃ私も一緒に行く」

「咲帆さんが？　いけませんよ」

「だって、いつも恵美さんと一緒でないと。どっちがどっちについて行っても構わないでしょ？」

恵美は苦笑いするばかりだった……。

「――会長」

と、そこへやって来たのは、〈インターナショナル〉の社長、北畠敦子だった。「ちょっとお時間をいただいてよろしいですか？」

「忙しいの。明日にして」

と、咲帆はアッサリと言って、「じゃ、恵美さん、出かけましょ」

と促した。

「僕も一緒に」

石津が皿を置いて、あわてて二人の後を追う。

北畠敦子は呆気《あっけ》に取られて、咲帆たちを見送っていたが、その肩を叩《たた》く者がある。

「ああ、佐々木さん」

〈通信機〉の社長である。

「あれはどこへ行ったんだ？」

「分らないわ。もうパーティには戻らないみたいよ」

と、北畠敦子は言って、「厚川さんの奥さんが殺されたこと、どう思う？」

と、少し声をひそめた。

「僕は知らないよ」

佐々木は目をそらして、「旦那《だんな》が怪しいんだろ？」

「そうなの？」

「そう聞いたぜ」

と言って、佐々木は肩をすくめた。

北畠敦子は含み笑いをして、

「とぼけないで。お二人の映像がパソコンに」

佐々木が青くなった。

「そっちのパソコンにも出たのか？」

「私のだけ。他の社員のには出てないわ」

「そうか」

「でも、噂は広まるわ。当然でしょ」

「まあな……」

「事実なのね？」

佐々木は、チラッと左右を見て、

「ああ」

と、肯いた。

「じゃ、あなたが殺したの？」

「やめてくれ！」

「そうね。そんなことぐらいで殺すあなたじゃないわね」

「どういう意味だ」

「プレイボーイのあなたが、ってことよ」

と、敦子は言って、「どうしてあなたみたいな人がもてるのかしら？」

と、首をかしげた。

「好きなこと言ってろ」

「でも、あなたがあんな映像撮られて、パソコンに送られるなんて……。立場上、まずいんじゃない？」

と、敦子は真顔で言った……。

「――ここです」

クルミが鍵《かぎ》を開け、「――ただいま」

と、アパートの中へ入る。

「菊池さん？」

と、恵美が声をかけた。「私、唐沢恵美よ。――どう？」

クルミが明りを点《つ》ける。

「まあ」

菊池が布団で唸《うな》っている。――苦しげな息づかいだった。

恵美が上り込んで駆け寄ると、

「菊池さん！」

と、かがみ込んで額に手を当てた。「――凄《すご》い熱だわ！」

「救急車を呼ぼう」

と、片山が言った。

「いえ、私の車で」

と、恵美が言った。「うちの社と契約している病院はこの近くです。救急車を呼んでいる間に着きます」

「じゃ、石津、運んであげろ」

クルミのアパートへ、恵美、咲帆をはじめ、片山、石津、晴美、ホームズが大挙して押しかけたのである。

「任せて下さい！」

石津が上って来て、布団から菊池の体をヒョイと持ち上げた。

「車へ！」

恵美が駆け出した。

アパートの他の住人たちは、一体何が起ったのかとびっくりしていただろう。ドタドタと一行が外へ出て、石津がかつぎ上げた菊池を車へ乗せる。

「咲帆さん、すみません」

「いいから、急いで病院へ」

と、咲帆は言った。「私は片山さんたちと一緒に追いかけるわ」

「お願いします！」

恵美とクルミの二人が、高熱を出している菊池に付き添って、車で先に行く。

片山たちと咲帆がもう一台の車でそれに続いた。

確かに、病院までは五、六分だった。

ただし、恵美の運転はかなりスピードオーバー、しばしば信号無視だったが……。

「風邪をこじらせて、肺炎を起しているそうです」

と、恵美が言った。「一週間くらいは入院した方がいいと……」

「すみません。私がもっと早く――」

クルミが謝るのを、

「そんなこと言わないで」

と、恵美は止めた。「あの人は大人だもの。自分で決められたはずだわ。それより、私は咲帆さんから離れるわけにいかないの。あなた、ついててあげてくれる？」

「はい、もちろん！」

「でもお仕事があるでしょ？」

「キャンセルします。大丈夫です。私、いつでも無理して来たんですもの」

「じゃ、お願いね」

恵美はクルミの手を軽く握って、「費用のことは心配しないで。咲帆さんにお願いして、会社で持つようにするから」

「でも――」

「そのことはあの人には内緒。いいわね？」

恵美がちょっとウインクして見せると、クルミがニッコリと笑った。

その会話を、片山たちもちゃんと聞いていたが、

「恵美さん、偉いなあ」

と、咲帆が言った。「昔の彼氏を、今の彼女にああやって任せるなんて。私、とてもできない」

クルミが、着替えなどを取りにアパートへ帰って行くと、恵美は、

「咲帆さん、すみません。入院の手続きをする間、待っていて下さいますか」

と言った。

「もちろんよ。私、何か書いたりしなくていいの?」

「費用は私個人が出しますから」

「でも、クルミさんに――」

「ああ言わないと、クルミさんに気の毒ですもの。社員でもない人間の入院費用を、会社持ちにはできません」

恵美はそう言って、「大丈夫です。こう見えても、私、結構しっかり貯金してるんですから」

と付け加えると、足早にナースステーションへと向った。

入院手続といっても、この時間、もう窓口は閉っているから、正式には明日になるだろ

う。

「――大した人ね」

と、晴美が言った。

「ニャー」

と、ホームズが同意した。

「菊池って人は、どうして〈BS通信機〉をクビになったんですか？」

と、晴美は咲帆へ訊《き》いた。

「さあ……。私も知らないんです」

と、咲帆は言った。「恵美さんに訊いても、答えてくれそうにありませんね」

片山は腕時計を見て、

「一旦《いったん》、〈BSグループ〉のビルへ戻る。現場がどうなってるか……」

「そうね。――厚川沙江子さんがどうして殺されたのか……」

「まず、あの亭主にじっくり話を聞く。佐々木との話も中途半端なままだしな」

と、片山は言った。「会社の中での犯行だ。誰かが犯人を見てるんじゃないかと思うんだが」

「目撃者？」

「はっきり犯人と分らなくても、あの辺で、怪しげな様子だった社員とか、すれ違った客とか……。ともかく、思い当ることがあれば言って来てほしい。明日、社内に告知を出そう。――構いませんか？」

「ええ、犯人を見付けるためでしたら」

と、咲帆は言った。

それから咲帆は、

「そうだわ。あの厚川さんの奥さんも、〈茶話会〉に招《よ》ぼうと思ってたんです。でも一人減らさなきゃ」

「〈茶話会〉？」

「ずっと彩子さんが開いてた〈夕食会〉のメンバーを招いて、〈茶話会〉を、と思ってるんです。〈夕食会〉っていうと、あの事件を思い出してしまうでしょうから」

「すると――彩子さんが自殺した夜、あそこに居合せた人をみんな招くんですね？　確か六人でしたね」

「ええ。厚川沙江子さんが亡くなって、五人ですけど」

片山は、ちょっと考えていたが、

「全員の名前や立場を教えてもらえますか」

と言った。「あのときは、明らかに自殺だったので、特に調べませんでした」

「分りました。恵美さんからご連絡を差し上げます」

そこへちょうど戻って来た恵美が、

「また、私の仕事を増やして下さってるんですね？」

と言った。

片山が説明すると、

「分りました」

と、恵美は肯《うなず》いて、「でも、それでしたらいっそ茶話会においで下さい。今度の週末ですから」

「あ、そうだっけ？」

と、咲帆が言ったので、恵美は笑って、

「咲帆さんも、上役らしくなられましたね」

「ニャー」

と、ホームズも冷やかすように鳴いた。

# 7　真夜中

目の前にリストがあった。

六つの名前が並んでいる。

その人物は、名前の一つを赤いサインペンでゆっくりと消した。――〈厚川沙江子〉の名を。

そして、残る五つの名前を、楽しげに眺めていた……。


「お帰りなさいませ」

と、昭江が迎えた。

「ただいま」

咲帆は広い玄関ホールへ入ると、「どうぞ上って下さい」

と言った。

「お邪魔します」

と、晴美は上って、「――あんまり邪魔でもなさそうですね、こんなに広かったら」

「ニャー……」

ホームズも、我が家(?)のアパートと比べて、この屋敷の広さにため息をついているようだった。

「――どうぞ、客間の方へ」

と、咲帆は言った。

ホームズは正面の閉じたドアの前で足を止めている。晴美が見て、

「ここは?」

「居間でございます」

と、昭江が言った。「彩子様がこちらで亡くなりましたので、それきり閉めたままになっております」

「ああ、ここだったんですか」

晴美たちは客間へ通された。――呆《あき》れるほど広い。

「ここで茶話会を開くことにしています」

と、咲帆は言って、「どうぞゆっくりなさって下さい」

咲帆はソファに身を沈めて、

「昭江さん、お客様にお飲物を」

「はい」

晴美が紅茶を頼むと、昭江はスッと姿を消した。

「——あの方はもうずっとここに？」

「ええ。何でもこなして、きちんとした人です。私、でも何だかまだ慣れなくて」

と、咲帆は苦笑して、「ともかく、この広さだけでも……。まだ迷子になりそうです」

ホームズは客間の中をゆっくりと歩き回っている。

「急に環境が変って大変でしょう」

と、晴美は言った。

「それはもう……。でも恵美さんがいてくれますから」

咲帆は少しためらって、「——こんなこと、晴美さんにお話ししても……」

「何でしょうか」

「私……怖いんです」

咲帆の表情が変った。——真剣で、何かに怯《おび》えているかのようだ。

と、押し殺した声で言った。

「怖い？」

「しっ！　小声で話して下さい」

晴美は身をのり出した。

咲帆は、客間の中を見回すと、

「私、ここへ来てから、ずっと誰かに見張られてるような気がするんです」

と言った。

「それって……」

「比喩《ひゆ》で言ってるんじゃありません。文字通りの意味なんです」

「誰かがこの屋敷にいるってことですか」

「使用人はいます。今の昭江さんの他にも通いの人が。でも、そういう人たちのことじゃないんです」

と、咲帆は早口に、「でも、誰かに見られてるって感じます。話も全部聞かれてるようで……。電話しているときに、特に分るんです。誰かの気配を感じます。私と、話している相手の他に、じっとそれを聞いてる気配というか、息づかいを感じるんです」

どう見ても咲帆は本気だ。

「盗聴されてる、と?」

「ええ。この会話も、たぶん」

咲帆は肯いて、「信じてもらえますか?」

「あなたがノイローゼとは思いません」

「ありがとう」

咲帆はホッとした様子で、「昭江さんが戻って来ます。あの人も『一味』かもしれないので、このことは――」

「大丈夫。黙っています」

と、晴美が言ったとたん、ドアが開いて、

「お待たせしまして」

と、昭江が入って来る。

晴美は、会話の続きという口調で、

「でも羨《うらやま》しいわ、この広さ」

と、客間を見渡す。「あ、どうも」

紅茶の香りが鼻をくすぐる。

「一度泊りに来て下さい」

と、咲帆は言った。「部屋はいくらでもあります」

「ええ、ぜひ！　でも、ここに慣れちゃったら、あのボロアパートに帰るのがいやになりそう」

と、晴美は笑った。

「いつから泊りに来られます？　いつでも構わないんですよ」

「まあ……。でも――」

と、晴美はためらって、しかし咲帆の目が真剣に訴えているのを見ると、「じゃあ……明日にでも……」

と、つい言ってしまった。

「まあ、ありがとう」

咲帆は晴美の手を取った。

「ホームズもご一緒にね」

と、咲帆が誘った。

「ニャー……」

と、ホームズが自ら返事をする。

昭江が出て行くと、咲帆はまた小声になって、

「私、ふっと思ったんです。——この屋敷で自殺した彩子さん、もしかしたら、ここで監視されているのを知っていて、我慢できなくなって自殺したんじゃないかって」

咲帆は真剣だった。

晴美がホームズの体をなでて、

「この頼もしい相棒がいますから」

と言った。

「羨しいわ」

と、咲帆は言って、ホームズの頭をなで、「私もこんな『相棒』が欲しい」

「ニャー」

と、ホームズが答えた。

「でも、咲帆さん」

と、晴美が言った。「その疑いを持ったきっかけは？　何かあったんですか？」

「それは……」

と、咲帆が口ごもる。

そして、咲帆は客間の中を見回し、

「昼間、出社していると、忙しくてそんなこと、忘れてしまいます。恵美さんが本当に私のこと、気をつかってくれるので、会社にいると、こんなこと私の思い過しかもしれないと思えて来るんです。でも夜遅く帰宅すると急に怖くなって……」

咲帆はちょっと笑って、

「すみません、変なこと言って。私の取り越し苦労かもしれないんですけど……。どうしたの、ホームズ？」

ホームズが、咲帆のスカートの裾《すそ》に爪を立て、引っかけて引張っていたのである。

「ホームズ。スカートがだめになるわ」

と晴美が言った。

「いえ、いいんです。どうせ会社用の服なんて、いやになるくらいあるんですもの」

ホームズは、尖《とが》った爪先《つまさき》をスカートに引っかけたまま、晴美の方を見上げた。

「ホームズ……」

晴美はちょっと考えていたが、「——咲帆さん。どうですか、今夜、うちに泊りませんか?」

「え?」

「もちろん、こんなに広くないけど」

と、晴美は微笑んで、「でも、落ちついて寝られるかもしれませんよ」

咲帆はポッと頬を赤くして、

「本当に? ご迷惑じゃないですか?」

「ちっとも。邪魔になるのは——一人だけですね」

「嬉《うれ》しいわ!」

「じゃ、着替えだけ持って、『お泊り』しましょ」

「すぐ用意します!」

咲帆は、まるで高校生みたいな元気さで、客間から飛び出して行った。入れ違いに入って来た昭江が呆《あき》れ顔で、

「どうかなさったんでしょうか?」

と、晴美へ訊《き》いた。

「ちょっと学生気分に浸ってるんです」

と、晴美は言った。「ね、ホームズ」

「ニャー」

と、ホームズが満足げ（？）に尻尾《しっぽ》を震わせた。

「きれいな猫ちゃんですね」

と、昭江が珍しくニコニコと嬉しそうに寄って来て、しゃがむと、ホームズの毛並をそっと撫《な》でた。

「――用意できた！」

びっくりするほど早く、咲帆はバッグ一つさげてコートを着て戻って来た。

「お出かけですか？」

と、昭江が立ち上る。

「晴美さんのお宅に泊めていただくの。タクシーを呼んで」

「車は手配いたしますが――」

「構わないでしょ？」

昭江は少し考えていたが、

「こんなに猫ちゃんがきれいにしているんですから、大丈夫でしょう」

から」

と微笑んだ。「でも、唐沢さんにはご自分で連絡して下さいね。叱られたくありませんから」

「——これでいかが？」

と、唐沢恵美は言った。

椅子にかけてウトウトしかけていた片山はハッとして、

「あ、どうも。——ごぶさたして」

と言ってしまい、「失礼しました」

と、真赤になった。

「お疲れですね、刑事さんは」

と、恵美は笑って言った。

「いや、張り込みのときも結構居眠りして、後輩に起されたりするんですよ」

片山は頭を振って、「自慢になりませんけどね」

「でも、そういう刑事さんの方が好きですわ」

と、恵美は言った。「人間らしくていいわ、ねえ？」

「さあ……」

「見て下さる？　告知の文章を考えてみました」

と、恵美は自分のパソコンへ目をやった。

「どうも……」

片山はパソコンの画面を覗《のぞ》き込んだ。

――晴美と咲帆たちと別れて、片山は恵美と二人で〈BSグループ〉のビルへやって来た。

むろん夜遅いので、人気《ひとけ》はない。

恵美は片山を自分のデスクまで案内し、厚川沙江子が殺された件について、何か見るか聞くかした人は申し出るように、という告知を作ったのである。

「――結構ですね」

と、片山は肯《うなず》いた。

「では、プリントします」

恵美はプリントされるのを待ちながら、

「全社員のパソコンに、これをメールとして送っておきましょう。壁に貼っても見ないかもしれないけど、みんな必ずメールはチェックしますから」

「なるほど、そういう時代ですね」

片山の言い方がおかしかったのか、

「もしかして、パソコンとか、苦手ですか？」

と、恵美は訊いた。

「いや……。メールくらいはやり取りしますけどね」

「じゃ、パソコンの機能の十分の一も使ってないんですね」

「機能が多過ぎるからいけないんです」

と、片山は主張した。

「同感です。私もグラフだの表だの、作れません」

「そう聞いて安心しました。でも、僕よりはましでしょう」

「さあ、プリントできました。これを明日の朝一番でコピーして、各フロアのエレベーターホールに貼り出します」

「よろしく」

「あとは、これをメールにして送る、と……。これで全社員のパソコンに入ったはずです」

恵美はパソコンの電源を切り、「じゃ、帰りましょうか」

「はあ」

オフィスの明りを消し、二人はエレベーターホールへとやって来た。

「片山さん、アルコールは弱いんですね」

「まあ……」

「でも、何か一杯飲んで帰りません？　せっかくこんな時間に男の人と二人きりになったのに。――誘って下さるかと期待してるんですけど」

「はあ……」

片山が困惑していると、恵美は笑って、

「ごめんなさい。困らせるつもりはなかったんです」

「いや、別に……」

恵美はエレベーターを呼ぼうとして、

「――おかしいわ」

と、眉《まゆ》を寄せた。

「どうしました？」

「エレベーターが一台、〈B1〉へ下りてます」

と、恵美は指さして、「さっき、このビルへ入って来たときは、全部一階にいたのに」

「そうでしたか？」

片山にはさっぱり記憶がない。

「確かです。――こんな時間に誰が地下一階に行くのかしら」

恵美はちょっと首をかしげていたが、ともかくボタンを押してエレベーターを呼んだ。

そしてエレベーターが来ると片山と一緒に乗って、〈1〉を押す。

エレベーターは一階へ下りたが……。

二人は人気のないロビーへ出た。

そして足を止めると、顔を見合せた。

「——行ってみますか」

片山は、仕方なく言った。恵美が、その言葉を待っていると分っていたからだ。

「ええ」

ホッとしたように、恵美が微笑む。「じゃ、階段で行きましょう。エレベーターで下りたら音で気付かれます」

恵美が先に立って、非常階段へと向う。

「——地階には何があるんですか？」

と、片山は訊いた。

「私も、ほとんど行ったことがありませんね。倉庫があることにはなっていますけど、書類や資料などの保管は、五階の保管庫で行っています。——暗いですから気を付けて下さい」

非常階段を、二人は慎重に下りて行った。

「地階の倉庫に何がしまってあるのか、私も聞いたことがありませんね。他は機械室で、ボイラーとか……」

〈B1〉と書かれた重い扉がある。

片山がそれを力を入れて開けると、顔を出して、すぐにパッと引っ込めた。

「――どうしたんですか？」

「しっ」

と、片山は唇に指を当てた。「廊下に誰かいます」

と、押し殺した声で言う。

「誰か、って……」

片山は、ちょっと考えていたが、

「コンパクト、持ってますか？」

「ええ」

恵美がバッグからコンパクトを取り出して片山へ渡す。片山はコンパクトを開くと、鏡の面を持って、扉を細く開け、そっとそれを突き出した。

揺れる鏡に、黒っぽいスーツの男が二人、映った。

恵美も首をのばして、それを見た。

「――誰でしょう？」

と、扉をそっと閉めてから、「社員じゃありませんわ。見たことのない人たちです」

「社員じゃありませんよ」

と、片山は言った。「あれはＳＰです」

「ＳＰ？」

「まず間違いなく」

「あの——大臣とかを護衛する？」

「ええ」

「でも、どうしてこんな所にＳＰが？」

「僕にも分りませんが」

と、片山は首をひねった。「ＳＰが、明らかに仕事として立っているということは、誰か重要人物がいるということです」

「こんな地階に？　しかも夜中に」

「妙ですね」

片山はもう一度そっと扉を開けた。——話し声がする。

「誰か出て来ました」

と、片山が言った。「こっちへ来る」

「大変！　この階段を使うんだわ。他にこっちに出入口はありません」

「急いで！」

片山は素早く靴を脱いで手に持つと、「上りましょう！」

恵美もすぐに真似をして靴を脱ぎ、二人は足音がしないように靴下のまま階段を駆け上った。

扉の開く音がした。

「早く、もっと上に！」

片山は小声で言った。

一階を通過して、さらに上へ。——二階へ上ったところで足を止めると、靴音が一階の扉の前で停った。

「車は正面に」

という声がした。

「次はいつごろがよろしいでしょうか？」

と訊《き》く声。

「今の事情からして、早い方がいいな。来週連絡する」

「はい」

声が一階のロビーへと出て行き、扉が閉った。——静かになったが、片山たちはしばらく動かなかった。

十分近く待っただろうか。片山はそっと階段を下りて行って、

「大丈夫。誰もいません」

と、恵美を呼んだ。

「何でしょう、今の?」

「さあ……。少なくとも、あんまり大っぴらにできることじゃなさそうです」

と、片山は息をついて、「──どうします?」

「どうって……」

「地階へ下りてみますか」

「──はい」

と、恵美は肯《うなず》いた。「私の知らないことがこの社内にあるなんて、許せない!」

「だと思いましたよ」

片山たちは地階まで下りて行った。

扉をそっと開けると、照明が消えて、薄暗い。

「もう靴をはいても大丈夫でしょう」

と、片山は言った。

二人は廊下の奥へと進んで、

「確か、このドアから出て来たと思います」

「ここ?──〈倉庫〉ですよ」

「覗《のぞ》いてみましょう」

ドアを開けて、〈倉庫〉の中へ入ると、明りを点《つ》けた。

天井まで届くスチールの棚が両側に並び、段ボールが積み上げてある。

「――〈倉庫〉ですね」

と、恵美が言った。

「しかし……」

片山は左右を見て、「棚の間がいやに空いてると思いませんか」

「ええ、そういえば……」

片山は一番奥まで行って、

「床にこすった跡がある」

と足下を見下ろした。「どうやら……」

棚に手をかけて、力を込めて引くと、棚がドアのように開いて来た。

「まあ……」

たぶん、その隠し扉が開くと、自動的に明りが点くのだろう。二人の目の前に、優雅なしつらえの客間風の部屋が現われた。

「驚いた！　こんな部屋があるなんて」

中のテーブルの灰皿には吸いがらが残っていて、室内はアルコールの匂いがしていた。

「秘密の会議でもやるようですね」

と、片山は言った。「厚川沙江子さんが殺されたことと関係あるかもしれない。ここがどういう場所か、調べてもらえますか」

「ええ、もちろん」

と肯いてから、恵美は、「ああ！」

と、声を上げた。

「どうしました？」

「さっきの声、分りました。『次はいつごろが』と訊いてたのは、〈BS通信機〉の佐々木さんです」

「確かですか？」

「ええ、間違いありません」

「佐々木さんは厚川沙江子さんと関係があった……。そうなると……」

「やっぱり何か……」

「しかし、SPが付く人物がどう係っているのか……」

片山は腕組みして、「――この部屋を見付けたことは、しばらく秘密にしておきましょう」

「分りました」

二人は元通りに扉を閉め、〈倉庫〉から出た。

一階の〈夜間通用口〉を出ると、片山は首をすぼめて、

「寒いな！――どこかで暖まって行きますか」

「喜んで」

と、恵美は微笑んだ。

片山のケータイが鳴って、

「失礼。――もしもし？」

「お兄さん、今どこ？」

と、晴美が言った。

「〈BSグループ〉のビルの裏手だ」

「あのね、今夜はアパートに帰って来ないで」

「何だと？」

「今夜、わがアパートは咲帆さんがお泊りになるの」

「何だって？」

「だから今夜は外泊を許可する。以上！」

片山が呆気《あっけ》に取られている内に、晴美はさっさと切ってしまった。

「どうしました？」

と、恵美が訊く。

片山は、どう説明したものか、途方にくれてしまったのだった……。

# 8　見舞客

「失礼します……」

病室のドアが開いた。

「――はい」

ベッドのそばの椅子にかけてリンゴの皮をむいていた会田クルミは腰を浮かして、「どちら様でしょうか」

と言った。

「あの……菊池さんの病室では」

と、若いその娘はおずおずと言った。

「そうですけど」

「菊池さんは……。私、佐々木リカといいます」

大学生だろう、とクルミはリカを見て思った。垢抜《あかぬ》けて、洒落《しゃれ》た服装をしている。

「今、検査に行ってるんです」

と、クルミは言った。「そろそろ戻って来ると思いますけど」

「そうですか。――待たせていただいても？」

「ええ、もちろん。この椅子にかけて下さいな」

と、クルミが立ち上る。

「でも、それじゃ――」

「大丈夫です。私はベッドに腰かけますから」

と、クルミは微笑んだ。

「すみません。それじゃ……」

リカは、クルミが立った後の椅子に腰かけると、「あの――具合はいかがなんですか、菊池さん」

「ええ、一時高熱で肺炎を起していましたけど、もう熱も大分下りました」

「良かったわ」

と、リカはやっと表情を緩めた。

「あの――菊池さんのお知り合い？」

と、クルミが訊《き》く。

「ええ、ちょっと」

と、リカは曖昧《あいまい》に答えて、逆にクルミへ、

「あなたは……」

と、問いたげな目を向けた。

「私、会田クルミといいます。菊池さんと暮しています」

「――そうですか」

リカはそれ以上どう言っていいのか分らない様子だった。

リカは花束を手にしていた。

「佐々木さん――でしたっけ。そのお花、いただいて花びんに入れましょうか」

「あ、それじゃ……。お願いします」

「きれいなお花！　私、あんまりそういう趣味がないものですから」

クルミはリンゴをむいてしまうと立って、花束を受け取り、病室から出て行った。

少しして、ほとんど入れ違いに、車椅子を看護師に押してもらって、菊池が戻って来た。

リカを見て、びっくりした様子で、

「やあ……。わざわざ見舞に？」

「ええ。入院されたって聞いて、びっくりして」

「大したことないんだ。あと二、三日で退院できそうだよ」

「それ聞いてホッとしたわ」

リカは、菊池がベッドに戻るのを手伝って、

「あの人――クルミさん？　今、お花を活《い》けに行って下さってるわ」

「そうか。この病棟の最上階がレストランだ。お茶でも飲んで帰ってくれ」

リカは、少しためらってから、

「あの方、奥さん？」

「クルミが？　そう言った？」

「いえ、そうじゃないけど」

「何だか――よく分らないが、僕の面倒をみてくれるんだ」

リカは笑顔を作って、

「あなたのこと、愛してるのよ」

と言った。

「ああ……。どうやらね」

と、菊池は天井へ目をやったが、「――そうだ、薬を服《の》まなくちゃ」

「お水、持って来る？」

と、リカは立ち上って、「ミネラルウォーターのペットボトル、買って来ましょうか」

「じゃあ……頼んでもいいかな」

「ええ、もちろん」

と、リカは張り切って、「売店って――」

「一階の奥にある」

「すぐ買って来るわ。待ってて」

リカは病室を出ると、エレベーターの方へと急いだ。

菊池の前から離れられるのが、嬉《うれ》しかった。――クルミが戻って来たら、ニコニコとしていられる自信はなかったのだ。

実際にこうして菊池を見舞に来ても、クルミがベッドのそばにいるのを見るまでは、それほど自分が菊池にひかれているとは思わなかった。

しかし――クルミという娘と菊池が一緒に暮していると聞かされると、それだけで胸が抉《えぐ》られるように苦痛だったのである。

私は――あの人を愛しているのかしら？

答えの分り切っている問いかけを、自分に向ってしてみるリカだった……。

エレベーターの前までやって来たときだった。

「そんなのって……ひどいじゃありませんか」

と、声がした。

クルミだ。階段の所で、背広姿の中年男と話している。リカの方へは背中を向けているので、気付いていない。

何だろう？

相手の男は、一見サラリーマンだが、どこか崩れた感じがある。

リカは、二人の視界に入らないように、廊下に立ててある点滴用のスタンドのかげにそっと身を隠して、少し近付いてみた。

「契約違反だ。仕方ない」

と、男は言った。

「だって――入院してる人の看病もしちゃいけないんですか」

「いけないとは言ってないぜ。ただ、ビデオの発売スケジュールってもんがある」

「私、何でも言うこと聞いて来たじゃありませんか。突然辞めた子の代役もやったし。『いつも無理してもらって、その内埋め合せするから』って、言ってくれたじゃありませんか」

「それとこれとは別だよ」

と、男は相手にもしない。「いいか、いくらお前が人気のあるつもりでも、あんなビデオを買う奴は、しょせん女の下半身にしか用がないんだ。お前が消えりゃ、他の女に行くだけさ」

「そんなこと――分ってます」

「それなら文句言うこたあないだろ。今すぐ来て、脱ぐか。いやなら、この場でクビだ」

クルミの後ろ姿が震えた。

ます」

「──分りました」

と、寂しげな声が言った。「五分だけ待って。あの人に急ぎの仕事だからって言って来ます」

「車で待ってる。五分だぞ」

男は階段を下りて行った。

クルミが肩を落として、力なく振り向くと──リカと目が合った。

「リカさん……。聞いてたんですね」

「聞こえちゃったの。ごめんなさい」

「いえ……。私、アダルトビデオの女優なんです」

と、クルミは目を伏せて、「ごめんなさい」

「どうして謝るの、私に？」

「菊池さんを、そんな仕事で稼いだお金で助けてるから。見たこともない男に抱かれた体で、菊池さんにも……」

「クルミさん。──やめなさいよ、そんな仕事！」

と、リカは言った。

「でも、パートなんかじゃ、とてもそんなに稼げないし」

「入院費用のため？」

「この病院の分は、川本咲帆さんの秘書の唐沢さんって方が『会社払いにしてあるから』っておっしゃってくれて」

と、クルミは言った。「でも、退院してもすぐには菊池さん、働けないだろうし、生活費が……」

「でも……」

リカは、何と言っていいのか分らず、言葉を切った。クルミはリカをじっと見つめていたが、

「リカさん――でしたね。菊池さんを愛してるんですか?」

と、ごく普通の調子で訊《き》いた。

「愛って……。はっきりそうかどうか分らないけど」

「私が仕事してる間、菊池さんをお願いします」

「クルミさん……」

「私、行きます!」

クルミは、階段を一気に駆け下りて行った……。

「そんなことがあったのか……」

と、菊池はベッドで呟《つぶや》くように言った。

「クルミさん、気の毒だわ」

と、リカはベッドのそばの椅子にかけて言った。「私——ああいう仕事をしてるのって、もっと遊んでる子たちだと思ってた。あんな人もいるのね」

「僕がふがいないせいだ」

「でも、それは……」

「今度の病気のことばかりじゃない。このところ、ずっとクルミの稼ぎで食べさせてもらってた」

「クルミさんはそれで幸せなんだわ、きっと」

菊池は目を閉じると、

「少し眠るよ」

と言った。

「じゃ、私、ちょっと食事して来るわ」

「帰らなくていいのか?」

「クルミさんとの約束よ」

と、リカは微笑んだ。「クルミさんが戻るまで、ここにいるわ」

菊池も微笑みを返して、

「ありがとう」

と言った……。


「おい！　もっと本気でやれ！」

と、苛々《いらいら》した声で怒鳴ったのは、ディレクターだった。「プロなんだろ、お前」

「すみません」

クルミは、ベッドに起き上った。

プロ？――裸になるのにプロも何もあるものか。

「今夜だけで撮り終えないと」

と、プロデューサーが腕組みをして立っている。「明日の分の金はないぞ」

「大丈夫ですよ。なあ、クルミちゃん」

と、元気付けるように笑顔を見せたのは、相手役の男優である。

クルミも大勢の男と仕事をして来たが、今夜の相手が大木《おおき》で良かったと思った。

男優の中にも、相手の女性をただの「道具」としか思っていない者もあれば、大木のように優しい者もいる。

「少し休んだらどうですか」

と、大木が言った。「休みなしでもう三時間ですよ」

「十分でも惜しいんだ！」

と、プロデューサーが怒ったように言った。

「でも、何度もやり直しするよりは――」

「分った。じゃ、ラーメンでも取って食おう」

と、ディレクターが腰を上げる。

「ありがとう、大木さん」

クルミは全裸の上にバスローブをはおって言った。

「彼が入院してるんだって？」

と、大木はガウンをはおって、「心配だろうな」

「うん……。気になって、集中できない」

「仕方ないよ。クルミちゃんは、いつもよくやってる。何とかなるさ」

狭苦しいマンションの一室。――クルミはメイクの女性に汗を拭《ふ》いてもらって、

「目の下、くまが出てるわ」

と言われた。

「隠せる？」

「一応やっとくけど……。ライトをうまく当てれば何とかなるわよ」

クルミはチラッとディレクターの方を見た。

今さらライトの位置を変えるなんて、頼んでもやってはくれないだろう。

「本番前に、またやってあげる」

と、メイクの女性が言った。

「ありがとう」

「我慢してね」

と、そっとクルミの肩を叩《たた》く。

クルミは、何とか笑顔を作って見せた。

玄関のチャイムが鳴った。

「おい。今日はずいぶん早いな。ラーメン」

と、ディレクターがソファで伸びをする。

「はい……」

ADの一人が玄関へ出て行ったが――。

少しして戻って来ると、当惑顔で、

「あの……お客さんですが」

「客？　何だ、こんな時間に！　追い返せ」

と、プロデューサーが不機嫌そうに言った。

「――追い返せるか？」

と、部屋へ入って来たのは、ダブルのスーツの恰幅《かっぷく》のいい紳士だった。

何となく、誰もが黙ってしまった。それだけの貫禄《かんろく》があったのである。

しかめっ面でその紳士を眺めていたプロデューサーの顔から、突然血の気がひいた。

「――近江《おうみ》さん」

プロデューサーの声はかすれていた。

「私の顔が分らなかったのか？　酒の飲み過ぎじゃないのか」

と、近江と呼ばれた紳士は言った。「相変らず、こんな悪どい商売をしてるんだな」

「いえ、そんな……」

プロデューサーのこめかみから汗が伝い落ちた。「あの……どうしてここへ」

「用がなければ、出向いて来んよ。こんな時間にな」

「ごもっともです」

「ここに――会田クルミという子は？」

クルミはびっくりした。

「私……です」

と、小声で言うと、

「君か。――今は休憩かね」

「はい」

「君に用がある。服を着なさい」

「え……。でも、まだ撮影が終ってないんです」

「クルミ！　早く言われた通りにしろ！」

と、プロデューサーが焦った声を出す。

「はい……」

ディレクターはこの紳士を知らないらしく、

「おい、何だよ」

と、不服げに立ち上って、「誰か知らねえけど、こっちも生活がかかってんだよ」

「よせ！」

プロデューサーがあわてて、「近江さん、申し訳ありません！」

クルミは、プロデューサーが、正にその紳士の前で土下座でもしかねないのを見て、すっかり面食らってしまった。

「仕度をしなさい」

と、近江はクルミに穏やかに言った。「もう撮影はない。今後、君がアダルトビデオに出ることもない」

「はあ……」

「これまでも、出たことはない」

「でも……」

「ここにいる人間は全員、君と仕事をしたことを忘れるんだ」

わけが分らなかったが、ともかくクルミは自分の服を着た。

「いいな」

近江がプロデューサーの方をチラッと見ると、

「かしこまりました！」

と、プロデューサーは床につきそうなほど深々と頭を下げた。

「車が待ってるよ、行こう」

近江に促されて、クルミはともかくそのマンションの部屋を出た……。

# 9　疑惑の夜

「もしもし咲帆さん？　唐沢恵美です」

と、恵美はケータイを手に言った。

「分るわよ、恵美さんの声ぐらい」

と、咲帆は楽しげに、「今夜は片山さんのアパートに泊るから。明日の朝はここへ迎えに来てね」

「分りました。それはともかく――」

「じゃあね！　おやすみなさい！」

と、咲帆はさっさと切ってしまった。

恵美は呆《あき》れて手にしたケータイを眺めていたが、やがて肩をすくめると、店の中へ戻って行った。

「――連絡つきましたか」

と、片山はしゃぶしゃぶの鍋《なべ》をかき回しながら、「もう、野菜も大丈夫ですよ」

「確かに、片山さんのアパートへお泊りだと……」

恵美は座敷で足を投げ出して、「ああ！　どうして偉くなると、人はわけの分らないことをやり出すのかしら！」

と嘆いた。

「何か理由を言いましたか」

と、片山は訊《き》いた。「晴美は何も言ってくれなくて」

「こちらもさっぱりです」

恵美は座り直すと、「こうなったら、じゃんじゃん食べてやる！」

と、両手をこすり合せた……。

そして、——実際に恵美は、片山がびっくりするような勢いで食べ、かつビールを飲んだ。

「そんなに飲んで、大丈夫ですか？」

と、つい片山は訊いていた。

「私、こう見えても結構強いんです！」

と、恵美は頬を真赤に染めながら、「確かに顔はカッカしてますけど、アルコールのせいか、この鍋のせいか……」

片山は笑って、

「いや、あなたがこんなに愉《たの》しげにしてるところを初めて見たな、と思って」

「私だって、いつも『秘書です』って取り澄ましてるわけじゃありません」

と、恵美は肉を鍋に入れながら、「一人暮しの部屋に帰れば、下着姿で引っくり返ってますよ」

「そりゃまあそうでしょうが」

「想像した？」

「——何を？」

「私が下着姿で引っくり返ってるところ」

「いや……。特にしませんでしたが」

恵美はため息をついて、

「私って、そんなに色気ないですかね」

と、ふてくされた。

「そういう意味では……。ただ、僕はあまり想像力豊かな方じゃないので」

「いいわ！」

と、恵美は肯《うなず》いて、「じゃ、実物を見せてあげる！」

「実物？」

「下着姿であなたの前に引っくり返ってあげるわ。——そしたらどうする？」

と、恵美が鍋の湯気越しに、熱っぽい目で片山を見つめる。

「そうですね。――布団をかけてあげますね。きっと」

恵美は思わず天井を仰いで、

「こういう男がいるのか！」

「すみません」

「じゃ仕方ないわね」

と、恵美はビールを注いで、「下着もなしで片山さんに飛びついてあげるわ」

「酔ってますね。冗談はそれくらいに」

「はいはい。――片山さん、お肉、嫌いなの？」

「あなたが凄《すご》い勢いで食べるんで、手を出せないんですよ」

と、片山は言い返した……。


「ああ！　お腹一杯だ！」

しゃぶしゃぶの店を出ると、恵美は両手を広げて言った。「もうだめ！　もう入らない！」

「何か食べようなんて言ってませんよ」

と、片山は言った。「歩けますか？」

「大丈夫よ！　でも――タクシー、拾って。タクシーで帰る」

「はいはい」

片山は、ちょうどやって来た空車を停めると、恵美を支えて乗せた。

「片山さんも乗って！」

と、恵美は片山の腕をつかんで引張った。

「ちょっと──。分りました！　乗りますから」

「ちゃんとタクシー代は払うから！　私、いいお給料もらってるから、タクシー代くらいどうってことない！」

「そりゃ羨《うらやま》しいですね」

運転手が、

「どこへ行くんですか？」

と訊く。

「唐沢さん。行先は？──唐沢さん？」

恵美は片山にもたれかかって、軽いいびきをたてていた。

「唐沢さん！　行先だけ言ってから寝て下さいよ！」

と、片山は揺さぶってみたが、恵美はトロンとした目を半分開けて、

「あら片山さん……。へへへ……」

と言うなり、片山の膝《ひざ》の上にドサッと倒れ込んで、今度はガーッという派手ないびきを

たて始めた……。

「参ったな！」

と、片山は呟《つぶや》いて、「じゃ、アパートに……。いや、だめか！」

晴美に、「帰って来るな」と言われている。

仕方ない、どうにも思い付く所がなくて、

「どこかこの近くのホテルに」

と言った。

「お客さん、うまくやったね！　酔い潰《つぶ》しといてホテル？」

と、運転手がニヤニヤしている。

「そんなんじゃない！」

と、片山はムッとして、「ちゃんと二部屋取る！」

運転手相手に言い訳しても仕方ないのだが……。

都心の一流ホテルへつけてもらい、フロントで訊くと、ともかく部屋はあるという。

「どうして俺まで？」

と、グチは言ったが、ここで唐沢恵美を放り出すわけにもいかない。

ともかく一部屋だけ取って、恵美を背中におぶってエレベーターに乗った。

背中におぶっていると、恵美の体温がコートや上着を通しても伝わって来る。

「やれやれ……」

怖そうな印象とは違って、こうしているとあどけないようでもある。

確かに、当人も気にしていたように、あんまり色気はない。だから、こうしておぶっていられるのだ。

エレベーターを降りて、部屋を見付けると、カードキーを差し込んで、ドアを開けた。

恵美をおぶってドアを開け、中に入るのは楽ではなかった。

ツインルームで、セミダブルのベッドが二つ並んでいる。シングルが空いていなかったのだ。

ともかく片山は恵美を片方のベッドの上に下ろして、ホッと息をついた。

――このまま眠ってしまうのか？　朝には咲帆を迎えに行くのだろうが。

「そこまで心配してられないや」

と、片山は肩をすくめた。「さて……。どうするかな」

このホテルはともかく高い。一泊するだけでも、片山の懐にはかなり応《こた》える。

恵美は自分でも「高給取り」と言っているくらいだ。このホテルでも構わないだろうが……。

ここを出て少し行くとビジネスホテルがあった。そう思い付くと、

「もったいないけど、仕方ないな」

と片山は呟いた。

そして、カードキーをテーブルの上に目につくように置くと、部屋を出ようとしたが……。

「片山さん」

と呼ばれて、びっくりして振り返る。

その口調は、およそ酔ってなどいない、しっかりしたものだった。

恵美がベッドに起き上って、微笑みながら片山を眺めている。

「——呆《あき》れたな！　酔ったふりしてたんですか？」

「いかが、私の演技力？」

と、恵美は言って、スーツの上着を脱ぎ、床へ放り投げた。

「いたずらはやめて下さい。この部屋、どうするんですか」

と、片山は腕組みをした。

「私が借りたってことでいいでしょ？　片山さんもたまたま一緒だった、ってことで」

「そんなわけにはいきませんよ」

「じゃ、どこかよそに泊る？」

「僕にはこんな高級ホテル、もったいなくて。では、おやすみなさい」

と、片山がドアの方へ行きかけると、恵美はベッドから飛びはねるように床へ下り、一

気にドアへ駆けて行って、チェーンを掛け、

「帰さない」

と、片山と向い合った。

「どいて下さい」

「どうせ一緒に入ったのよ。あってもなくても、あったと思われる」

恵美はいきなり片山に抱きついてキスすると、ぐいぐいと押しまくり、ついに片山をベッドの上に押し倒した。

「ちょっと――唐沢さん！」

「狙った獲物は逃さない！」

と、恵美は片山の上に飛びかかって行った。

「あの――重いです」

「いいの！」

恵美は片山のネクタイをもぎ取った。

「あの……落ちついて……」

片山は目を白黒させている。

そのとき――恵美のバッグで、ケータイが着信のメロディを奏でた。

「電話ですよ。――ほら、出ないと」

と、片山は指さしたが、

「放っとけばいいの！」

と、恵美は構わず片山のワイシャツの胸もとをはだけて行った。

そして——恵美の手が止った。

メロディが鳴り続けているバッグの方を見る。

「まさか」

と、呟くように言うと、恵美は片山の上から転るように下りて、バッグへ手をのばした。

そしてケータイを取り出すと、

「もしもし！——もしもし！」

恵美は立ち上ると、息をついた。

「どうしたんです？」

片山は起き上って、ワイシャツのボタンを急いではめた。

恵美はケータイをじっと見下ろすと、

「切れたわ」

と言った。

そして自分の方からかけたが、すぐに首を振って、

「——つながらない」

「誰か知り合いですか」

　恵美は片山の方を振り向くと、

「私、特定の数人だけ、それぞれに着信メロディを変えてるんです。それ以外の人は、ただの着信音」

「じゃ、今のメロディは」

「あり得ないわ」

「というと？」

「今のメロディにしてあったのは、一人だけです。――亡くなった、笹林宗祐様からです」

「前の会長？」

「ええ。でも、そんなわけありません。会長は事故で亡くなられて、そのときケータイも持っておられたはずですから」

「つまり――壊れた、と？」

「当然そうだと思っていました。あの事故では、車が大破して、炎上したのですもの。ケータイだけが無事で残ってるなんて、考えられません」

「しかも誰かがかけて来た。あなたにね」

「ええ……」

恵美はソファに腰をおろして、「あの後、私、忙しくて宗祐様のケータイのことなんか頭にありませんでした」

「唐沢さん。まさかとは思いますが……。前会長の笹林宗祐さんが生きている、ということは？」

恵美は片山を見て、

「あり得ない、とは思いますけど……。でも、分らなくなりました」

と言った。

片山は床のネクタイを拾うと、

「僕はその事故のことをよく知らないんですが。話してもらえませんか」

「ええ。もちろん」

恵美はちょっと息をついて、「もう少しだったのに。残念だわ」

と言って笑った。

「一つ、ルームサービスでコーヒーでも取りましょう。もっとも、コーヒーが来る前に、お互い服装をきちんとしておかないと」

「そうですね」

片山が部屋の電話でコーヒーを注文している間に、恵美はバスルームに入って行った。

「やれやれ……」

片山はフーッと息を吐き出して、「晴美には内緒にしとかないとな」
と呟《つぶや》いたのだった……。

# 10　炎上

秘書は二十四時間勤務。

唐沢恵美にも、そのことはよく分っていた。

優秀な秘書のプライドとして、たとえ夜中の二時三時に電話で叩《たた》き起されて、

「すぐ来い」

と言われても、文句一つ言わず、

「かしこまりました」

と、返事はできる。

そんな覚悟のできている恵美でも、この夜の呼び出しは辛《つら》かった。

笹林宗祐は、この五日間、大きな規模の見本市と、それに伴う海外のメーカーとの面談、交渉、パーティに追われた。それはついて歩く恵美の忙しさそのものでもあった。

宗祐の秘書は恵美以外にも何人もいたが、パーティの席での雑談に近い会話まで、英語、フランス語で通訳できるのは恵美一人で、自然、恵美が付き添うことになってしまう。

　しかも、宗祐は毎晩、別れ際に、

「明日の会合での話を考えといてくれ」

　と、恵美に「宿題」を出していた。

　交渉の席での話題、面談の相手に合せた、家族のニュースやプレゼントの選定、そしてパーティの席でのジョークまで、恵美が考えねばならなかった。

　しかも、英語やフランス語で。

　宗祐はパーティが終ればホテルのスイートルームで寝ればいいが、恵美はシングルルームに戻ってから、ベッドに座って、パソコンとにらめっこして、毎日三時間しか眠れなかった……。

　その、熱帯のジャングルでマラソンをやっているような過酷な状況をやっと乗り切り、

「明日は夕方から出てくればいい」

　と言われた。

　本当は、「明日は休んでいい」と言ってくれるかと思っていたので、内心、

「このケチオヤジ！」

　と悪態をついたのだが、それでも夜はぐっすり眠れるとホッとした。

　ホテルのシングルルームに戻って、シャワーをザッと浴びただけで、裸の上にバスローブという格好でベッドに潜り込んだ。

アッという間もなく眠りこけていた午前二時。ケータイが鳴って……。

笹林宗祐だけの着メロだった。

「はい……」

と出た声は、さすがに「半分死んでいた」はずだが、

「今から箱根《はこね》の山荘へすぐ来い」

とだけ言って、恵美の返事も待たずに切ってしまった。

何とか目を覚まし、仕度するのに、冷たいシャワーを浴びて、三十分かかったのは大目に見てもらっても良かったろう。

タクシーで箱根に向って、中で眠っていくという手もあったのに、恵美は自分で車を運転して行くことにしてしまった。

カーブだらけの山道を、襲ってくる眠気と戦いながら車を操るのは、正に「大仕事」だったのである……。

笹林家の山荘の前に車をつけたとき、唐沢恵美は冷汗をかいていた。

カーブが連続する山道を、眠気と戦いながらやっと乗り切って来た。

「偉いぞ!」

と、自分で自分をほめる。

他にほめてくれる人がいない場合、こうしないと何事も空しくなってしまうのだ。

車を降りた恵美は、山荘の正面玄関へと数段の階段を上って行った。

チャイムを鳴らして、少し待っていると、やがて中からドアが開いた。

「会長、お呼びで」

「ああ。——しかし、遅かったな」

笹林宗祐は、ツイードの上着を着ていた。

「会長……」

「冗談だ」

と、宗祐は笑って、「休んでいるところを叩き起すのは可哀そうだったがな」

「いえ……。秘書の仕事に当ることなら、仕方ありません」

そう言いつつも欠伸《あくび》が出る。

「ともかく上れ」

と促されて、恵美は靴を脱いでスリッパにはき替えた。

「——いらっしゃいませ」

いつの間にか、屋敷のお手伝いさん、昭江が立っていて、恵美はちょっとびっくりした。

「昭江さんもみえてたんですか。——じゃ、奥様も？」

と、恵美は昭江の方へ訊《き》いたのだが、返事をしたのは宗祐だった。

「彩子は来ておらん」

と、やや素気なく言って、「ともかく入ってくれ」

恵美も、何度かこの広い山荘へ来たことがある。玄関ホールを抜けて、両開きのドアを開けると広々としたサロンがあることは分っていた。

昭江が開けてくれるより早く、さっさと歩いて行って、サロンのドアをパッと開けると
——。

ちょっと勢いがよすぎたのかもしれない。

ソファに座っていた人たちが一斉にギョッと振り返った。

視線を浴びて、恵美の方も一瞬ギクリとして足を止め、

「失礼しました！」

と、会釈した。

誰かいるなら、そう言ってくれりゃいいじゃないの！　宗祐に文句を言ってやりたかったが、もちろん言えるわけはない。

「昭江」

と、宗祐は言った。「唐沢君は眠気が覚めないようだ。うんと濃いコーヒーを出してやれ」

「はい」

「さあ、座れ。──みんな知ってるだろう?」

「はい……」

とは言ったものの──。

「それは無理ですわ、会長さん」

と言ったのは、〈BS電機〉の今井健一郎社長の妻、今井瞳だった。「いくら唐沢さんが優秀な秘書でも。──私どもは、彩子さんの周囲にいるだけの茶飲み仲間ですもの」

そうか。──恵美はやっと思い当った。

ここにいるのは、笹林宗祐の妻、彩子が毎月個人的に開いている夕食会のメンバーなのだ。

その六人の女性たち。今井瞳の言葉に他の五人は微笑んだ。一斉に。──それも少々気味の悪い光景だった。

「申し訳ございません」

と、恵美は言った。「皆様のお顔には見覚えがあるのですが……」

「私のことはお分り?」

「もちろんです!　今井瞳様──それから浅田《あさだ》実子《じつこ》様は〈BSインターナショナル〉の浅田取締役の奥様でいらっしゃいますね」

恵美は宗祐の秘書だから、彩子の個人的な部分までは知らない。しかし、どの顔も、

〈BSグループ〉のパーティなどで見た記憶はあった。

「里見《さとみ》……信代《のぶよ》様でいらっしゃいますね」

と、一番若く、派手な感じの女性に向って、「作曲家の里見清士《せいじ》様の奥様……」

「当り！　よくお分りね」

と、里見信代は男を誘うときのような笑みを浮かべた。

分りますとも！——恵美は心の中で言った。

夫の里見清士が作曲した、わけの分らないオペラを後援するために、恵美は宗祐に言いつけられて必死でお金をひねり出したのだから——。

「それに、もちろん厚川沙江子様。あと……」

「私は平原《ひらはら》マリア」

と、金髪が豊かに波打っている女性が言った。

「俺の伝記を書いてくれた」

と、宗祐が言った。

「そうでした。失礼いたしました」

あれはとても「伝記」なんて言えない代物だったわね、と恵美は心の中で言った。宗祐に手もみしながらすり寄っているかのようで、恵美は三十ページ読んで放り出してしまった。

本当に文字通り、部屋の隅に向って、放り投げたのである。

しかし、宗祐には気に入られたらしい。

フランス人とのハーフで、パーティなどでは目立つだろう。

そして残った一人は、他の五人に比べると小柄で地味な感じだった。

「藤田《ふじた》しのぶと申します」

と、その女性は言った。

名前だけは聞き覚えがあった。

「作家の……でいらっしゃいますね」

「はあ。物書きですが、主にエッセイを……」

そうだった。〈エッセイスト〉というのか、世の女性向けのエッセイ集が話題になって、方々の新聞、雑誌に連載コラムや対談などを持っている。

しかし、この藤田しのぶだけは、恵美も〈BSグループ〉とどういうつながりがあるか、見当がつかなかった。

恵美の思いを察したのか、

「会長さんの奥様にお招きいただいて」

とだけ、言葉を添えた。

「存じませんで、失礼しました」

と、恵美は言った。

しかし――なぜこんな時間に彩子の〈仲間〉が、この箱根の山荘に集められているのか、そして恵美が呼び出されたのはどうしてなのか……。

謎は一向に解けなかった。

「わざわざこんな遠くまで来ていただくのは心苦しかったが」

と、宗祐が言った。「邪魔の入らないところで話がしたかったのでな」

「――お待たせいたしました」

コーヒーが香り、昭江がカップを恵美の前に置いた。

「どうも……」

恵美はカップを取り上げて、コーヒーを一口飲むと、「――苦い！」

と、思わず声を上げていた。

みんなが一斉に笑った。――恵美としては、その場の空気をやわらげる役割は果したと言えるだろう。

「会長……」

と、恵美は言った。「おかげさまで、確かに目が覚めました。でも、なぜ今日ここに皆さんを？」

「それはこれからだ」

と、宗祐は少し改った口調で言った。

「――どうぞ、喉《のど》をお湿し下さい」

と、昭江が六人の女性たちの前にグラスを置いた。「イタリアの赤いオレンジのジュースです」

ブラッドオレンジか。恵美も、時々行くイタリア料理のレストランで飲むことがある。

「いただきます」

と、今井瞳がまずグラスを取り上げた。

そして一口飲むと、

「――おいしいわ」

と、目を見開いて、「普通のオレンジと違って、こくがあるわね」

「ありがとう存じます」

と、昭江が微笑んで、「特にイタリアから取り寄せましたもので」

残る五人も次々にグラスを取り上げた。

「飲みながら聞いて下さい」

と、宗祐はソファに寛《くつろ》ぐと、「実は、今夜わざわざおいで願ったのは、私から特にお願いしたいことがあってです」

お願いといっても、こんな夜中に、しかも箱根まで呼びつけて？　恵美にはさっぱり分らなかった。

「皆さんにご協力いただいて、ある実験をやりたいのです」

と、宗祐は言った。

今井瞳は平然として話を聞いていたが、残る五人はやや不安げに顔を見合せている。

実験？——恵美はその宗祐の言葉に、ひどく場違いなものを感じた。


「実験？」

と、片山は言った。「実験、と笹林さんは言ったんですね？」

「ええ」

ルームサービスで取ったコーヒーを、二人は飲んでいた。

「ずいぶん薄いコーヒーだわ」

と、恵美はちょっと顔をしかめて、「あの晩に飲んだコーヒーとは大違い」

「それで実験というのは？」

と、片山は訊《き》いた。

「分りません」

「——分らない？　でも、笹林さんから説明があったんでしょう？」

「そこまで行き着かなかったんです」

「というと？」

「会長は念を押しました……」

「今夜、ここで私から聞いたことは絶対秘密にしていただきたい」

と、宗祐は言って、六人の女性たちを一人ずつ見て行った。

ザッと眺めたのでなく、はっきり一人一人と目を合せていたのである。

「――承知しました」

と、今井瞳が言った。「おっしゃって下さい」

やはり〈BS電機〉の社長夫人として、この六人の中でも何となくリーダー的存在のようだった。

「実は――」

と、宗祐が口を開きかけたときだった。

ケータイの鳴る音がして、宗祐はちょっと苛立《いらだ》たしげに言葉を切ったが――。

「失礼。私のケータイらしい」

と、宗祐はあわてて上着のポケットからケータイを取り出した。

何となく、ちょっと間の抜けた感じの笑いが起った。誰もが少し緊張していたのだ。

「――もしもし、――ああ少し待ってくれ」

宗祐は立ち上ると、六人の女性たちの方へ、

「ちょっと失礼。すぐ戻ります」

と、声をかけ、急ぎ足でサロンから出てドアを閉めた。

「何のお話かしら」

と、厚川沙江子が言った。「今井さん、聞いてる？」

「いえ、何も」

――本当だろうか、と恵美は思った。

今井瞳の表情には、どこか「私は別よ」と言いたげな雰囲気があった。

そのとき、ドア越しに、

「そんな馬鹿な話があるか！」

と、宗祐の怒鳴る声が聞こえて、居合せたみんながびっくりした。

「――何ごとかしら」

と呟《つぶや》いたのは、作曲家の妻、里見信代。

ドア越しにあれほど聞こえたのだ。相当の大声を出したのだろう。

その後はまた静かになったが、そう長くはかからなかった。

ドアが開いて、険しい顔をした宗祐が戻って来ると、

「申し訳ないが、すぐに東京へ戻らなくてはならなくなりました」

と、早口に言った。「今日お話しするはずだったことについては、また改めてご連絡します」

「会長……」

と、恵美が立ち上ると、

「君も一緒に来い」

「はい。あの、お客様は――」

「昭江、皆さんのお帰りの車を手配してくれ」

「かしこまりました」

と、昭江は顔色一つ変えずに言った。

「では――本当に申し訳ない」

と、宗祐は言った。「これで失礼します」

六人の女性たちは呆気《あっけ》に取られていた。

恵美は、

「お先に失礼いたします」

と、一礼して、急いで宗祐の後を追った。

玄関のドアは半ば開けたまま。恵美が急いで外へ出ると、宗祐の車が走り出すのが見えた。

「会長——。もう！」

あわてて自分の車へと駆けつける。

車を出したとき、もう宗祐の車は遠くライトが見えるだけだった。

恵美は宗祐の車を追った。

「一体どうしたっていうのよ」

と、思わず呟いてしまったほど、林の中の道を猛スピードで飛ばす宗祐の車は、「普通ではなかった」。

宗祐は運転が好きで、普段、都内を移動するときは、運転手に任せて自分は後部座席で電話をかけたり考えごとをしたりするが、こうして遠出して来るときは自らハンドルを握る。

そして、腕前もそれなりのものがあるのだが——。

「いくら何でも無茶だわ」

恵美が必死でついて行っても、なお宗祐の車に近付くどころか、ジリジリと離れているようだった……。

「——危い！」

思わず声を上げたのは、少し先に、明るいときでもスピードをかなり落とさないと曲り切れない急なカーブがあることを思い出したからだ。——しかも、崖《がけ》っぷちである。

あのスピードで突っ込んで、果して――。

「あ……」

ブレーキを踏んでいた。

恵美の車から、そのカーブがよく見える。

とはいえ夜中のことで、宗祐の車のライトが、不意に乱れるのが目に入ったのだ。

「会長――」

前の車は、カーブの先端を曲り切れずにそのまま崖から転落した。

ライトが不意に闇の中へ消えた。

「会長！」

車を出して、しかしあくまで安全なスピードで、そのカーブへさしかかる。

そのとき、ズンとお腹に響く音と共に、火柱が闇を貫いて立ち上った。

車を停め、外へ出る。

崖っぷちに立つと、ガードレールが引き裂かれて、遥《はる》か下で激しく炎を上げている宗祐の車を見下ろすことができた。

――もう、とてもこれでは助かるまい。

恵美は青ざめてはいたが、自分が冷静にならなければいけない場面に出会って、プロ意識に立ち戻っていた。

すぐに警察へ連絡、場所と状況を説明した。

車はなおしばらく燃え続けていた……。


「パトカーや消防車が来るのを待ってる間が、とても長かった……」

と、恵美は言った。

「大変でしたね」

と、片山は肯《うなず》いて、「確かに、そんな状況じゃ、宗祐さんのケータイが無事でいるわけが……」

「ねえ」

と、恵美は言った。「あのとき――会長はサロンの外でケータイで話していて……。戻ったとき、もうケータイは手にしていませんでした」

「ポケットへ入れた？」

「普通なら、当然そうしますね」

「山荘のどこかに落としていたとか……。調べてみた方がいいかもしれない」

「わけが分らないわ」

と、恵美はため息をついた。「その後は、会長の葬儀の手配一切、私の肩に――。何日も眠れないほど忙しかったんです」

「そうでしょうね」

「それが終ると、今度は彩子様から、秘書を続けてくれと頼まれて——。忙しい方が、私は好きなんですけど」

恵美らしい言い方に、片山は微笑んだ。

「——宗祐さんの遺体を確認したのは？」

「ともかくあの火の勢いで、すっかり焼けてしまったので、かかりつけの歯医者さんが確認を」

「近くの人ですか」

「本社ビルの向いにあるクリニックです。高井《たかい》先生とおっしゃって、会長がずっと通っていました」

「それなら間違いないでしょうね」

片山は一応メモを取った。

少し間があって、

「——宗祐さんが話そうとした『実験』って何だったんでしょうね」

と、片山が言った。

「私にもさっぱり……」

「彩子さんは何か？」

「お訊《き》きしたこともありません」

と、恵美は首を振って、「ともかく、あの後の混乱で、すっかりそんなこと、忘れていました」

「分ります」

片山は肯いて、「しかし、奥さんの夕食会の客たちを、わざわざ山荘に集めていたというのは……」

「妙ですね、確かに」

「誰かが知っているとしたら……」

「今井さん、佐々木さん、北畠さんの誰かでしょうね」

「なるほど。明日にでも当ってみましょう」

片山は欠伸《あくび》をして、「──失礼。唐沢さん、もう寝ては?」

「ええ。──明朝早く起きて、一旦《いったん》帰宅します。片山さんはどうなさるの?」

「僕はこの近くのビジネスホテルにでも泊りますよ」

「ここに泊って、とお願いしても無理そうね」

「それはどうも……」

「私が決して襲いかかったりしない、と約束しても?」

「どうも落ちついて眠れそうにないので」

恵美はちょっと笑って、

「無理は言いませんわ。でも、キスした仲でしょう？　せめて『恵美』って呼んで下さいな」

そっちが一方的にキスしたんだ、と片山は思ったが、

「分りました。——では、恵美さん、これで」

と、立ち上った。

ドアの所まで送って来て、

「おやすみなさい、片山さん」

と、恵美は言うと、片山に軽くキスした。

「僕なんか、どこがいいんです？」

「そう本気で言ってるところがいいの」

片山は部屋を出ると、廊下を歩いて行って、振り返った。

恵美が笑顔で見送っている。手を振ってくるのを振り返して、

「——分らないな」

と、片山は呟《つぶや》くと、エレベーターの方へと歩いて行った……。

# 11　変　身

菊池は目を開けると、無精ひげののびた顔をゆっくりとベッドの傍へとめぐらせた。

「佐々木……リカさんか」

ペットボトルのお茶を飲んでいたリカは、

「菊池さん、目が覚めた？」

と、嬉《うれ》しそうに言った。「――どう？　熱の方は」

リカは菊池の額に手を当てて、

「あ、もう下ってる。良かった！」

「体の熱っぽさも、だるさも、消えたようだ。悪かったね。お宅にちゃんと帰ってたのかい？」

「よして」

と、リカはすねたように、「私、もう二十歳過ぎよ。二、三日家を留守にしたって平気だわ」

「いや、しかし……」

「大丈夫。ちゃんと父のケータイにメール入れといた。隠しはしないわ」

「ならいいが、佐々木さんが怒って僕を誘拐犯にでもしたら困るからね」

「入院中の病人が誘拐するの？」

と、リカは笑った。「――でも、高熱が丸二日以上下がらなかったのよ。心配したわ」

「疲れが出たんだな」

と、菊池は言った。「そういえば――クルミは？」

「分らないの」

と、リカがやや心配そうに、「お仕事に行く、と言って出て行ってから、それっきり……」

「そうか。――仕事のきりがつかないのかな」

「大変ね。あんな仕事って、もっといい加減な人がやってるのかと思ってたわ」

「クルミは好きでやってるんじゃない。僕が悪いんだ」

と、菊池がため息と共に言った。

すると――病室のドアが開いて、きちんとしたスーツ姿の女性が入って来た。

「具合、どう？」

と、その女性が言って――リカはびっくりした。

「クルミさん？」

「なかなか戻れなくて、すみません」

「そんなことといいけど……」

「クルミか。その格好は？」

——会田クルミは、まるで別人のようだった。髪もきれいにセットされ、スーツは見るからに上等。

「私も、わけ分んないの」

と、クルミは首を振って、「いつもの通り、撮影してたら、近江さんって人が突然やって来て……」

「近江？」

「凄《すご》く偉い人らしくて、プロデューサーがペコペコしてた。で、その近江さんが私を連れ出したの。そしてTV局に連れて行かれて、そこでこの服を着るように言われ、メイクされて……」

「それで？」

「ええ……。いきなりスタジオに連れて行かれて、トーク番組のアシスタントって言うの？　司会者の隣で座って、ニコニコ笑ってりゃいい、って役で……」

「じゃ、TVに出たのか？」

「そうらしいの。――どういうことなのか、全然分らない」

「でも凄いわ」

と、リカがクルミをまじまじと眺めて、「これで立派なテレビタレントね」

「どうしてこんなことになったのか……。あのトーク番組にはレギュラーで出るみたい」

「すてきじゃないの！　クルミさんの良さをちゃんと見てる人がいたのよ！」

「でも……もちろん嬉しいんだけど」

クルミは苦笑して、「夢じゃないか、って何度も膝《ひざ》をつねったら、あざができちゃった」

「良かったな。いつか、ちゃんとしたタレントになって、ＴＶに出たいと言ってたじゃないか」

と、菊池は言った。

「ええ。――きっと、神様があなたに辛《つら》い思いをさせたからって、私に幸運を下さったんだわ」

「もしそうなら」

と、菊池は微笑んで、「二度や三度、肺炎になってもいいぜ」

「だめよ！　元気になってくれなきゃ」

「じゃあ……私はもう引き上げた方が良さそうね」

と、リカは立ち上って、「クルミさんにこの人をお返しするわ」

「あ、いえ――それが」

と、クルミはあわてて、「私、これからドラマのオーディションを受けろって言われてるんです。リカさん……すみませんけど、もう少し……。いいですか？」

「私はもちろん……」

と、リカも面食らっている。

そこへ、もう一人、「びっくりする人」が入って来た。

「大分すっきりした顔してるわね」

と、唐沢恵美はベッドの所へやって来て言った。「この分なら、もう大丈夫ね」

恵美は、スーツ姿のクルミを見て、

「あの――どちら様？」

と、真顔で訊《き》いたのだった……。


コンサートホールの中には、徐々に疲労感と苛立《いらだ》ちが充満しつつあった。

そういう「気配」は、二階席の最前列、一番目立つ席にタキシード姿で座っている里見清士にも当然感じ取れた。何しろ、今演奏されているのは、里見清士の「新作オーケストラ曲」だったからである。

プログラムには華々しく「世界初演！」と謳《うた》われていたが、今夜の聴衆のほとんどは、今夜がこの曲の「世界終演」になるだろうと思っていた……。

「現代音楽」である以上、多少の難解さは多くの聴衆も覚悟していただろう。しかし、当然のことながら、メロディはない、快い音響もない、リズムもない……。

ともかく、指揮者もオーケストラも必死で譜面をにらみつけ、「早く最後のページに辿《たど》り着くこと」だけを祈っていた。

せめて、十分や十五分の曲なら、聴衆も辛抱していただろうが、三十分近い曲となると……。モゾモゾ座り直す客、大欠伸《おおあくび》をする客、これ見よがしに腕時計を見る客……。

中には、わざわざ振り返って作曲家をにらみつける客もいた。

里見は、しかし平然としていた。

何の反応も呼び起さない音楽よりは、拒否反応のある曲の方がずっといい、と――信じていたのである。

全く、俺の音楽を理解できる人間の少ないことと来たら！　しかし、将来きっと、こいつらは、子供たちや若者たちに、

「里見清士の傑作の初演を聞いたんだよ！」

と、自慢することになるだろう。

曲はやっと終りに近くなっていた。――しかし、聞いていても、「終りそうな」印象は全くなかったので、それが分るのは、作曲者と演奏者だけである。

すると——一階最前列に座っていた客の一人が立ち上って、スタスタとホールを出て行ったのである。

何だ、あいつは？——里見はちょっと眉《まゆ》をひそめたが、まあトイレにでも行きたくて、我慢できなかったんだろう、と思った。

もう一人、今度は一階中央あたりの女性客が立ち上って、ハイ・ヒールの靴音をカツカツと響かせながら出て行った。

無神経な女だ！　里見もいささかムッとした。

しかし——まるでその女性客の退出が合図ででもあったかのように、あちこちで客が立って、ホールを出て行き始めたのである。

この曲の後は休憩だったが、それにしてもこれは明確な「拒否」の行動だった。

演奏しているオーケストラにも動揺が広がった。ともかく指揮者がタクトを振り続けているので、演奏を止めるわけにはいかなかったが……。

最後の数分は、まるで十分にも二十分にも感じられた。少なくとも数十人の客がホールから出て行ってしまっていた。

曲は唐突に終った。いかにも「終り！」という堂々たる和音などというものは、里見の軽蔑《けいべつ》するところだったのである。

指揮者がタクトを下ろして、客席の方を向いたので、聴衆にもやっと、「これで終ったんだ！」ということが分った。

拍手が起ったが、それは「やっと終ったこと」への拍手と、ともかく最後まで我慢して聞いていた「自分をほめる」拍手だった……。

新作初演のとき、慣例として作曲者は指揮者の合図で起立して拍手を受けることになっている。里見も、ちょっと蝶《ちょう》ネクタイを直して、立ち上る準備をした。

ところが──。指揮者はさっさと指揮台から下りると、舞台の袖《そで》へ入ってしまった。そしてオーケストラのメンバーも、一斉に立ち上って引き上げてしまったのである。

さすがに里見も啞然《あぜん》とした。

無礼な！　あんな奴、二度と俺の曲を振らせてやらないぞ！

照明がホール全体を明るくして、休憩時間に入った。

「おい、出よう」

里見は隣の席の妻、信代へ声をかけたが……。信代は半ば口を開けて眠りこけていたのである。

「お前まで居眠りしてどうするんだ！」

と、里見清士は不機嫌な声を上げた。

ホールを出て、近くのホテルのバーに入った里見は、ウイスキーをあおっていた。

「だって」

と、妻の信代がカクテルを一口飲んで、「退屈だったんだもの」

里見は渋い顔で信代をにらんだが、信代にはちっともこたえないと分っているので、グラスを空けて、

「おい！　もう一杯！」

と、大声で言った。

「この週末は、N社のパーティだぞ」

と、里見は言った。「ちゃんと出ろよ」

「あら、だめよ」

信代はアッサリと、「私〈茶話会〉だわ、週末は」

「何だ、それは？」

「ほら、あの笹林さんの娘さん、川本咲帆さんが、彩子さんの〈夕食会〉のメンバーを集めて、〈茶話会〉を開くの。笹林さんにはお世話になってるもの。出ないわけにいかないでしょ」

里見も、「笹林」の名を出されると文句はつけられない。

里見の唯一のオペラ「日の出前」が、ともかくもちゃんと上演されたのは、笹林宗祐の後援があったおかげである。

そしてそれには妻、信代の魅力が大いにものを言ったことも、よく分っていた。

「しかし、N社の方だって大切なスポンサーだぞ。もしちょっとでも出られたら――」

「出られたら、ね」

と、信代は言ったが、その気のない口調は、否定と同じことだった。

里見にもそのことは分っていたが、一応夫のプライドにかけて、言わないわけにいかなかったのである。

「――今度の〈シンデレラ〉は、音楽好きかな」

と、里見は穏やかな口調になって言った。

「いい音楽ならね」

信代の皮肉は強烈だった。

「じゃ、会ったらちゃんと説明しとけ。映画やTVドラマの音楽なんか、本当の音楽じゃないんだ。本当の音楽ってのは……」

と言いかけて、里見はやめた。

チラリと自分の方を見た妻の冷ややかな視線に気付いたからである。

信代が言いたいことは分っている。

「そんなこと言うなら、その『本物じゃない』映画やTVドラマの音楽を頼まれるようになってみなさいよ」

反論するのは簡単だ。しかし、夫の言い分を、信代が理解しないことも、よく分っていた……。

——全くね。

信代はカクテルのお代りを頼んだ。

以前は——ということは、結婚した七、八年前には、里見清士はもっとシャープな印象で、正に「芸術家」に見えた。

それが、この四、五年で倍にも太り、頭は薄くなって……。

その太り方が「成功して」太ったのならともかく、いつもグチをこぼしながら飲んだ挙句のことであるのが、信代には我慢できないのだ。

あの何だか「わけの分らない」オペラのために、信代は笹林に近付いた。そして……。

「どうも」

信代は、カクテルのお代りをもらって、一気に半分以上、飲んでしまった。

「——作曲料はちゃんともらわなきゃな」

と、里見は言った。

そこへ、

「里見様」

と、バーのウエイターがやって来て、「お電話が入っております」

「ああ。持って来てくれ」

「奥様にでございます」

ウェイターの言葉に、里見は少しムッとした。

「私？」

信代は立ち上って、バーの入口のカウンターまで案内されて行った。

「ありがとう。――もしもし？」

受話器を受け取って呼びかける。

何か聞こえたが、ひどく遠い。

「もしもし？　どなた？」

と、眉《まゆ》をひそめて問いかけると、

「君か。信代か」

と、突然はっきりした声。

「――どなた？」

この男の声……。誰だったろう。

「あまり話せない。黙って聞いてくれ。私だ。笹林宗祐だ」

早口ではあったが、はっきり聞き取れた。

「あの……。でも……」

「私は生きている。今、周囲に人はいるか？」

「え……。少し離れて、お店の人が」

「私の名を呼ばないでくれ」

「はい……」

「私は監禁されていたんだ。何とか逃げ出した。助けてほしい。信用できるのは君だけだ」

信代は、突拍子もない話に一気に眠気も酔いも吹っ飛んでしまった。

「あの……どうすれば？」

「今言う所へ、着る物とお金を持って来てほしい」

「あの――待って下さい」

信代は、メモ用紙をもらって、「どうぞ」

郊外の、信代などほとんど知らない辺りである。

「分ったかね」

「何とか――捜して行きます」

「頼むよ。君だけが頼りだ」

「あの――ご無事なんですか？」

「何とかね。君が力になってくれたら、充分に礼をする。ご主人のオペラをまた演《や》ってもいい」

「そんなもの、いいです」

と、信代は言っていた。「お力になれれば」

「ありがとう。——君だけが信用できる。決して他の人間に洩《も》らしてはいけないよ」

「分りました」

と、信代は受話器を手に、大きく肯《うなず》いていた……。

席へ戻ると、

「誰だったんだ？」

と、里見が訊《き》いた。

「お友だちよ。明日出かける打合せ」

どうしてこのバーへかけて来たのか、信代は大して疑問に思わなかった。

ともかく、笹林の声には違いないようだったし……。そして「信じられるのは君だけ」の言葉が、信代を感激させていた……。

# 12 出張所

どう見ても場違いな大型車がアパートの前に停ると、中から降りたのは唐沢恵美。

アパートの階段をそっと上り、〈片山〉の表札の前で背筋を伸すと、チャイムを鳴らした。

「おはようございます」

と、ドアが開く前に、「会長。お迎えに上りました」

ドアが開いて、

「ご苦労様」

と、晴美が言った。「今、咲帆さん仕度してます。上ったら?」

「では……ちょっと失礼して」

恵美は片山兄妹《きようだい》のアパートへ入った。

「ニャー」

と、ホームズが出迎える。

「おはよう、ホームズ」

恵美は微笑みかけた。

「もう五分、待ってて」

洗面所から、咲帆がチラッと顔を出す。

「はい」

恵美は玄関に立ったまま。

「お茶でも？」

と、晴美に言われても、

「いえ、お構いなく」

と、辞退して、「すみません、咲帆さんの気紛《きまぐ》れに……」

「いいえ。うちはいいんだけど、恵美さん、大変ね」

「もう一週間ですよ、ここから通い出して」

と、恵美は小声で、「社内でもすっかり評判」

晴美の誘いで、この片山のアパートに「お泊り」した川本咲帆は、すっかりここが気に入った様子で、

「もう一日」「あと一晩」

と、延長して、ここから出勤している。

ノートパソコン一台あれば、仕事上の連絡も困ることはないのだが、それでも――。

「ご近所でも、有名ですよ」

と、晴美は言って笑った。

「それより、お兄さんに申し訳なくて」

と、恵美は言った。

「ああ、兄なら大丈夫。捜査のときは何日も帰って来ないし、今は外泊して羽のばしてるんじゃない?」

「でも、やっぱり……」

「適当に昼間来て着替えてるから」

「もういい加減に戻っていただきますから」

と、恵美が言うと、

「戻りたくないな」

と、咲帆が現われた。「居心地良くて、ここ」

「ご迷惑ですよ」

「さ、出かけましょ」

ホームズが咲帆のそばへやって来て、ニャオと鳴いた。

「ホームズも行く? じゃ、行こう!」

「あ、ずるい！　私も行く！」

と、晴美が言った。「あと五分！」

「どうぞ、ごゆっくり」

と恵美は諦《あきら》めたように言った……。


車はもちろん、ゆったりと座れる。

後部座席が向い合せのサロン風に作ってあるリムジンである。

「では今日の予定について……」

と、恵美はノートを開いた。

「手書きなの？」

と、晴美が訊く。

「パソコンや電子手帳は電池が切れたらおしまいですから」

恵美はそう言って、「あ、そのボタン押すと、熱いコーヒーが出ます。よろしければどうぞ」

「凄《すご》い！　いただきます」

と、晴美はコーヒーカップを取り出してコーヒーを注いだ。「いい香りね」

「ニャー」

「ホームズには熱くて飲めないわよ」

ホームズはシートからカーペット敷きの床へストンと下りた。

咲帆も、会長業に慣れてくるに従って、予定は分刻みに詰って来ている。

「ちょっと待ってよ。それじゃ、お昼食べる時間がないじゃない」

「そうですね」

「そうですね、って……」

「移動の車の中で、サンドイッチでも用意します」

「そんな……」

と、咲帆は顔をしかめた。

ホームズは床にペタッと座り込んで、ウトウトしているようだったが……。

「あ、ごめん」

恵美が持っていたボールペンを落とした。ボールペンは、コーヒーカップなどを納めた作りつけの棚の下へ転り込んだ。

ちょうどそのそばに座り込んでいたホームズは棚の下の隙間へ鼻先を突っ込んでいたが——。

「いいのよ、ホームズ。大変だから。——え？　どうしたの？」

ホームズがちょっと爪を立てて晴美の足をつつく。

何かあるときのホームズの仕草である。

「晴美さん？」

恵美は、晴美が床にかがみ込んでいるのを見て目をパチクリさせた。

晴美はちょっと指を立てて、恵美に黙っているように合図すると、バッグからコンパクトとペンライトを取り出し、棚の下へと差し込んだ。

そして、恵美の方を見て手招きする。

「え？」

恵美は晴美と入れ代って、コンパクトの鏡に映っている棚の底の面を見た。

「これ……」

晴美が指で恵美の口を押える。

「どうしたの？」

と、咲帆がキョトンとしている。

晴美は、恵美のノートの空いたページを一枚ちぎると、拾い上げたボールペンで、

〈棚の下に、隠しマイクがあります〉

と書いた。

「まあ……」

晴美は急いで、書き足した。

〈気付かないことにして！　話を続けて！〉

「——失礼しました」

恵美は咳払《せきばら》いして、「午後の会議ですが、三時からのものはお出にならなくても」

「うん、任せるわ」

と、咲帆は肯《うなず》いた。

晴美はケータイを取り出すと、兄へメールを送った。

〈咲帆さんの出勤用のリムジンに隠しマイク。車の会社を調べて〉

「いいわね、毎日こんな車で出勤なんて」

と、晴美は言った。

「ニャー」

兄から返信が来た。——晴美は肯いて、もう一度棚の下を覗《のぞ》くと、カップのコーヒーをマイクへかけた。

ジジッと小さな火花が飛んで、これで聞こえなくなっただろう。

「——コーヒーがかかって、使えなくなった」

と、晴美は言った。「兄が〈BSグループ〉のビルの駐車場で待ってるから、後は任せましょう」

「どうするの？」

「急に聞こえなくなれば、仕掛けた人間はこの車を調べに来るわ」

と、晴美は言った。「それが誰なのか、確かめるの」

「でも、こんな……」

と、咲帆が不安げに、「ずっと仕掛けてあったのかしら？」

「それは分りませんけどね。でも、知らないふりをして、やった人間を罠《わな》にかけることもできるわ」

晴美の言葉に、恵美が目を輝かせて、

「それがいいわ！　うんととんでもない話、してやろうかな」

咲帆は、晴美と恵美の話を聞いて苦笑した。

「あなたたちって、面白がってない？」

「半分は怒ってますが、半分は面白がってます。会長、それが長生きの秘訣《ひけつ》です」

恵美の言葉に、咲帆は笑い出してしまった……。


やれやれ……。

片山は息を切らしながらビルの地下駐車場へとやって来た。

「間に合ったかな」

エレベーターを降りて、左右をキョロキョロ眺めていると、

「お兄さん！　こっち！」

と、晴美の声がする。

見れば、晴美が駐車してある車のかげから顔を出して手招きしている。

「広過ぎて、どこに車があるんだか……」

と、片山がその車の方へ近付いて行くと、

「伏せて！」

と、晴美に言われ、片山はあわててコンクリートの床に伏せた。

車が一台入って来て、ずっと奥の方へと進んで行った。

「あれじゃなかったようね」

と、晴美は言った。

「びっくりさせるな」

片山は起き上って、「例の車は？」

「あれよ」

晴美の指さす方へ目をやると、ひときわ車体の長いリムジンが見える。

車のかげに身を潜めて、

「ここで見ても大きいな」

と、片山は言った。「うちのアパートの前に毎日あれが迎えに来るんだろ？　目立って当り前だな」

「仕方ないじゃないの」

と、晴美は言った。「咲帆さんがすっかりうちの『大邸宅』を気に入ってるんだもの」

「しかし――あの車に盗聴器とはな」

と、片山は眉《まゆ》を寄せて、「咲帆さんが言った、『いつも見られてるようだ』というのも、気のせいじゃないかもしれないな」

「それなのよ。まさかあの屋敷で盗聴器探しをするわけにいかないでしょ。だから、あのリムジンで見付かったのはいいチャンスかなって思った」

「しかし、なぜ……」

と言いかけて、片山は考え込んだ。

「どうしたの？」

「いや、別に……」

片山はこのビルの地下に隠されていた部屋での奇妙な会合について考えていたのだ。唐沢恵美と一緒に見たのはSPを従えた人物……。

そして今度は車に盗聴器。

「おい、どんな盗聴器だった？」

と、片山は晴美に訊《き》いた。

「つまり、秋葉原《あきはばら》あたりで売ってそうな、素人が取り付けられそうなものだったか、それともプロでなきゃできないようなものだったか……」

「どんな、って？」

「そこまでは分らないけど」

と、晴美も首をかしげる。「――あ、車が来た」

二人が頭を下げる。

黒塗りの乗用車が一台、駐車場へ入って来た。いやにゆっくり走らせているのは、空いたスペースを捜しているのか……。

すると、そのときエレベーターの扉がガラガラと開いて、何と川本咲帆が出て来たのである。

晴美が小声で、

「咲帆さん！　こっち！」

と、必死に手招きした。

「あ、そこにいたんだ」

と、咲帆はノコノコやって来た。

咲帆の足下にはホームズがついて来ていた。

「頭を下げて！」

「え？」

「車が──」

黒い車は、晴美たちに気付いたのか、急にスピードを上げて走り抜けると、〈出口〉という矢印の方へ走り去った。

「今の、怪しかったわね」

「あ、ごめんね。邪魔しちゃった？」

「仕方ないわ。引き上げる？」

「せっかくだ。もう少しここに……」

と、片山が言って、「──おい、今の車じゃないか？」

また同じ車が入って来たのだろうか？

黒塗りの乗用車なんか似たようなものだが──。

同じ車だとすると、今度はかなりスピードを上げて進んで来た。駐車場の中にしては妙だ。

「おい、頭を下げて」

と、片山は言いながら、車の後部座席の窓ガラスが下りるのを見た。

ホームズが鋭く鳴いた。

片山は、その車の窓から丸い筒のようなものが顔を出すのを見た。

あれは？

と、次の瞬間、筒から煙を吐いて何かが発射された。そして、咲帆のリムジンが爆発を起したのだ。

「伏せろ！」

と、片山が叫んだ。「バズーカ砲だ！」

リムジンは炎に包まれ、黒煙がふき上げた。

しかし、駐車場の中である。炎と黒煙は周囲へと広がった。

黒い車はスピードを上げて走り去った。

「逃げろ！」

と、片山は叫んだ。

「エレベーターに！」

晴美は頭を下げて、咲帆の手をつかんで走り出した。

ホームズが先頭を駆けて行く。

リムジンは炎に包まれていた。低い天井のせいで炎は周囲の車へ向って広がっていた。

「他の車が燃える！」

晴美がエレベーターのボタンを押すと、幸いすぐに扉が開いた。

晴美と咲帆、そしてホームズが転るように乗ると、片山が少し遅れて駆けて来た。

「お兄さん！　急いで！」

片山が飛び込むと、晴美はすぐにボタンを押して扉を閉めた。

「一階へ上れ！」

エレベーターが上り始める。

同時に、ズシンという衝撃が伝わって来た。

「お兄さん、今のは？」

「たぶん――隣の車が爆発したんだ」

と、片山は言った。「下手をすると次々に引火するぞ。すぐ消防に来てもらわないと」

エレベーターが一階で停ると、片山は受付へと駆けて行った……。


「車が三台燃えた」

と、片山は言った。「しかし、それくらいで良かったよ」

咲帆は呆然《ぼうぜん》として、ビルの外にひしめき合うように停っている消防車を眺めていた。

「おけがはありませんか？」

と、恵美がやって来た。「駐車場は完全に鎮火しました」

「スプリンクラーが作動したんだ」

と、片山は言った。「しかし、あのリムジンはすっかり焼けてしまって、盗聴器も調べられないだろう」

「一体どういうこと？」

と、晴美が言った。「バズーカ砲なんて、普通の人は持ってないわ」

「そりゃそうだ。まあ、旧ソ連あたりから流れて来ているのが、暴力団に渡っているって話もあるけどな」

「それにしたって……。ただ盗聴器を調べられないために？」

確かに妙だ。片山は、いやな予感がしていた……。

ロビーへ、〈BS電機〉の今井社長が入って来た。そして咲帆を見ると駆け寄って来て、

「会長！　おけがはありませんでしたか！」

と、青ざめた顔で言った。

「ありがとう、今井さん」

咲帆は今井の丸顔を見るとホッとするようで、「何ともないわ。ただ、駐車場の車が……」

「聞きました。全く、とんでもないことで」

と、今井は顔をしかめ、「唐沢君、ちゃんと会長のおそばにいてくれなくちゃ困るよ」

「申し訳ありません」

「恵美さんのせいじゃないわ。まさか、こんなビルの地下で、バズーカ砲なんか撃つ人がいるとは誰も思わないわよ」

咲帆の言葉に、今井はなぜかハッとした様子で、

「バズーカ砲ですって？　本当ですか？」

「車の中からね」

と、片山は肯《うなず》いて、「何か心当りでも？」

「いや……。そんな物を持ってる知り合いはありません」

今井は無理に笑顔を作って言った。

「それで」

と、恵美がいつもと変らぬ口調で言った。

「咲帆さん、会議の時間まで、あと十五分です。着替えられた方が」

「ああ、そうね」

咲帆の服は黒い煤《すす》がついて、そのまま会議に出るわけにはいかなかった。

「適当なスーツを見つくろってあります。会長室へ」

「手回しがいいのね」

「私は犯人じゃありませんよ」

と、恵美はチラッと片山を見て、「前から一揃いの服は置いてあるんです。何があるか分りませんから」

片山も、その恵美の言葉を疑う気にはなれなかった……。

# 13　出迎え

目印を見落としていないかしら？

ハンドルを握りしめて、里見信代はずっと不安だった。

大体が免許は持っていても、ほとんど実際に運転することのない人間である。初めての山道で、しかも夜中と来ている。

冷汗をかきながら、曲りくねった道を辿《たど》るのが精一杯。前方に注意を集中させているが
それでもヒヤリとしたのは二度や三度ではない。

すると——車のライトの中に、言われていた目印が見えた。

あわててブレーキを踏んだ。急ぎすぎて、車はスリップした。

「キャッ！」

と、信代は自分で悲鳴を上げていた。

気が付くと、車は停っていた。——何だか、何秒間か記憶が空白になっていたようだ。

でも、ともかく生きているし、車はちゃんと停っている。——ただ、車体は横向きにな

って、道を半ばふさぐような格好になっていたが、まあ、他の車が通ることはほとんどあるまい。

信代は、車を降りると、トランクを開けて、大きな包みを取り出した。

それにしても――この目印って、おかしいわ。

どこかのレストランの前に置いてあるような、高い帽子をかぶったシェフの人形なのである。

こんな物、どこから持って来たのかしら？

信代は、その人形の所まで来て、

「笹林さん」

と呼んだ。「――里見です。いらっしゃいますか？」

風で、茂みが揺れた。

「そこですか？」

自分の言葉に答えてくれたのかと思ったのである。

しかし、そうではなかったらしい。

「笹林さん」

と、信代はもう一度呼んだ。「言われた通りのもの、お持ちしましたよ」

すると――今度ははっきり誰かが動く物音がして、

「ご苦労だった」

という声。

信代は、目の前の茂みからヌッと男の姿が現われて、びっくりした。

「あ、あの……」

「そこへ置いて行け」

男といっても、ともかく辺りは暗い。信代がいくら目をこらしても、ぼんやりとした影しか見えない。

「早くしろ」

「はい……」

信代は包みを地面に置いた。

「金は?」

「はい……。ここに」

信代は自分のバッグを開けると、封筒を取り出した。

「その包みの上に置け」

信代は言われた通りにすると、

「――本当に笹林さんですか?」

と言った。「違うわ。あなたはあの人じゃない!」

笹林に抱かれたことのある信代である。暗くても、雰囲気のようなものを感じる。

「誰なの？」

「余計な心配をするな」

「でも――」

「お前には、もうどうでもいいことだ」

その言葉が、信代の聞いた最後の言葉になった……。


「トラックが通りかかって」

と、石津が言った。「この車が道をふさいでるんで、降りて覗《のぞ》いたんだそうです」

片山は、車の中を覗いた。

明るい照明が車の中を照らしている。

座席に身を曲げて倒れているのは、作曲家里見清士の妻、信代だった。

「撃たれてますね」

「胸に一発か」

片山は車から離れて、冷たい空気を吸い込んだ。

「――でも、どうしてこんな所に来たのかしら？」

と、晴美が言った。

「用がありそうにも見えないけどな」

と、片山は言った。

「ご主人は？」

「連絡はしましたが、ここまで来るのは大変でしょうから……」

深夜である。――いやもう夜明けが近い気配もある。

「殺される理由があった？」

「分らないさ。まあ、個人的な事情かもしれない」

と言いながら、片山もそう思ってはいなかった。

「車を動かさないと、トラックが通れませんが」

「ああ、それじゃ車は脇へ寄せてくれ」

と、片山は言った。

「――片山さん、妙な物が」

と、刑事が一人やって来て、「来て下さい」

片山たちは、茂みの方へ行ってみた。

「何、これ？」

と、晴美は目を丸くして、「シェフの人形じゃないの」

「ニャー」

と、ホームズが面白がって鳴いた。

「誰かが捨ててったんですかね」

と、石津が言った。

「いや、そうじゃないだろう。それほど汚れてない。そう何日もここへ放り出されてたわけじゃない、ってことだ」

「じゃ、犯人が？」

「理由は分らないけどな」

と、片山は肯《うなず》いて、「よし、持って帰ろう。指紋も確かめてもらう」

――現場の写真を撮ったりしている内に、辺りは明るくなって来た。

「車が来ます」

と、石津が指さした。

車体の低い、外国車のスポーツカーが、苦労しながらカーブを曲り曲って、やっと現場へ辿り着いた。

「――里見清士さんですね」

と、片山はスポーツカーから降りて来た、いかにも「芸術家風」の男に言った。

「そうです」

「奥さんが……。ともかく来て下さい」

片山が車へと案内する。

「家内の車です」

と、里見は言って、それから中を覗いて、

「――妻の信代に間違いありません」

里見は深く息をついた。


「もう朝なのね……」

と、ソファでウトウトしていた金髪の女は、呟《つぶや》きながら起き上った。

つまらない……。

どうして朝なんてものが来るのかしら。

――それでも、今は冬で朝が遅い。これが夏なら、午前四時ごろから明るくなってしまう。

一日中夜ならいいのに……。

平原マリアは大欠伸《おおあくび》しながら、広い居間をフラつきつつ歩いて、庭へ出るガラス戸の所まで来た。

カーテンを開けると、芝生に明るい日射しがまぶしい。

「何だ、起きたのか」

と、声がして、三つ揃いのスーツの男が入って来た。

「おはよう」

平原マリアは微笑んで、「ゆうべはどこで寝たの？」

「上の寝室さ。俺は枕が変ると眠れない」

男はそう言って、「会議がある。出かけるよ」

「あら……。インタビューに答えてくれる約束よ」

と、マリアは眉《まゆ》を寄せて、「また時間を取ってくれる？」

「そんな約束、したっけ？」

と、男はとぼけて、「まあ、いいじゃないか。ゆうべは楽しかった」

「でも、本を書くのに必要だわ」

「本？——何だ、君、本当に本を書くのか？」

男がびっくりしている。

マリアの顔から笑みが消えた。

「じゃ、私の話を信じてなかったのね」

声が少し震えた。「どんなつもりでここへ来たと思ってたの？」

「いや、てっきり一晩付合ってくれる口実だと思って……。本気だったのか」

男は今注目の新興企業のオーナーである。まだ四十そこそこ。

「——分ったわ」

と、マリアは言った。「どうぞ出かけて。私もすぐ仕度して失礼するから」

「うん……。まあ、そう怒るな」

と、男はニヤリとして、「損はなかったろ？　旨《うま》いフレンチを食って、この社宅で楽しんで……」

「そうね」

「それじゃ。——鍵《かぎ》は開けといてくれ。昼過ぎには掃除が入る」

男はちょっと手を振って、「またどこかで会えるかな」

「どうかしら」

と、マリアは言った。

男は出て行く。玄関のドアの閉る音がした。

都心のマンションのメゾネット形式の部屋で、「事務所」として使っているとのことだったが、どう見ても「浮気用」だ。

「馬鹿にして！」

と、マリアは八つ当り気味にソファのクッションをつかんで放り投げた。

確かに、食事もおごらせたし、このマンションで抱かれもしたが、楽しみは楽しみ、仕事はちゃんとやる気でいた。

経済界の「スター」の伝記を書く。——平原マリアは、笹林宗祐の本を出版したことでライターとして認められた。

宗祐の死はショックだったが、雑誌のコラムなどの仕事は続いていて、結構忙しい日々だった。

マリアは居間を出て、ちょっと玄関の方へ目をやった。――上り口に何か置いてある。

それは一万円札だった。数えると十枚。

マリアは一瞬、引き裂いてやろうかと思った。あの男はマリアのことを、金で買った女と思っているのだ。

しかし――十万円を引き裂く度胸は、さすがになかった。

ただ、その金は居間の灰皿の下に挟んでおいて、一枚も取らなかった。

メゾネットの二階へ上って、バスルームでシャワーを浴びてから帰ることにした。

今夜は確か、関西の若手経営者のパーティがある。面白い題材に出会うかも。

シャワーをザッと浴びる。

むろん、玄関のドアが開く音など、全く耳に届いていなかった。

入って来た人物は、すぐに上の階から聞こえるシャワーの音に気付いて、階段を上り始めた。

しかし、マリアは長々とシャワーを浴びている気はなかった。自分の部屋ではないから、化粧品もクリームもない。体をザッと流すだけでシャワーを止めた。

階段の途中で、その人物は足を止めた。

そして、足音をたてないよう、用心して二階へ上り切ると、寝室のドアを開けて中へ入った。

ほとんど入れ違いに、マリアがバスルームから廊下へ出て来る。髪が少しシャワーで濡《ぬ》れてしまったのを気にしながら、階段を下りかける。

寝室のドアが静かに開こうとした。

そのとき、チャイムの音が鳴り渡って、ドアは閉じられた。

「——すみません」

と、もう玄関へ入って来ているのは、宅配便の若者で、「お届け物ですが」

マリアは階段を下りて行くと、

「ご苦労様。——サインでいい?」

「はい、もちろん」

と、若者はマリアを見て少し照れている様子で、「すみません。助かりました」

「いいえ、ありがとう」

マリアは、受け取った包みを手に、居間へと入った。

むろん、その包みはさっき出て行った男に宛てたものだ。——マリアは差出人の名前を見た。

男の名前だが、女の字だ。

マリアは直感的に「怪しい」と思った。

「構やしないわ」

ビリビリと包みを引き裂くと、中身を取り出す。

パジャマ？——パジャマをどうしてわざわざ送って来るのだろう。

紙箱からパジャマを取り出し、放り投げる。すると——紙箱の底に、折りたたんだ紙が入っていた。

マリアはそれを取り出し、ザッとその書類に目を通すと、笑みを浮かべた。

新しいショッピングモールに出店するらしい。そのリベートをいくらにするかの覚書。

むろん明るみに出たら困るだろう。

「いただいとくわよ」

と、その書類をバッグへしまう。

——その間に、二階の寝室から静かに滑り出た人物は、階段を下りて来ていた。

最後の一段を下りようとしたとき、玄関のチャイムがまた鳴った。その人物は急いで階段を駆け上って行く。

ドアが開いて、

「お掃除、入らせていただいてよろしいでしょうか」

と、エプロンをつけ、モップやバケツを手にした女性たちが入って来る。

「どうぞ」

マリアは居間から出て、にこやかに、「私はもう帰るところだから」

「失礼します」
五、六人が次々に上って来て、居間、台所、二階へと分れて行く。
マリアが靴をはいていると、

「あの――」

と、掃除の女性が、さっきのパジャマを手に、「これ、どうするんですか？」

「ああ、それね。サイズを間違えて頼んじゃったの。捨てていいわ」

「まあ、もったいない！　いただいてもよろしいですか？　うちの子に着せます」

「どうぞ。包み紙は捨てといて」

「かしこまりました」

マリアはさっさと玄関を出た。

マンションの表でタクシーを拾い、一旦《いったん》自分のマンションへ向う。

そのころ、掃除中のマンションから素早く抜け出した人物がいた。

――平原マリアはそんなことは全く知らず、ご機嫌だった。

むろん、自分が間一髪で命拾いをしたことなど、気付くはずもなかった……。

# 14　宴の準備

「どうしてもやるのか？」

と、片山は言った。

「やるわ」

と、晴美は言った。「ね、ホームズ」

「ニャオ」

「やる、って言ってるわ」

「勝手に訳すな」

「だって、もうじき笹林邸へ着くのよ。今さらやめられやしないわ」

「まあな」

片山は渋い顔でハンドルを握っていた。

車は、確かにもう十分ほどで笹林邸に到着するだろう。

片山は、何か重苦しい気分になる。

あの夜。——笹林彩子がピストル自殺をとげたときのことを思い出してしまうのである……。

今も夜になりかけている。まだ真暗というわけではないが、木立ちの中はライトが必要だった。

「着いたわ」

と、晴美が言った。

少し気の早い発言だったが、確かに笹林邸の明りが前方に覗《のぞ》いていた。

「思ったより早かったな」

ホッと息をついたときだった。

ちょうどゆるいカーブを曲ったとたん、目の前に白い車が停っているのが、ライトの中に浮かび上ったのである。

「ワッ!」

片山は急ブレーキを踏んだ。ハンドルを切れば立木に衝突すると判断した。

そうスピードを出していなかったのが幸いした。片山たちの車は、その白い小型車にあと数センチのところで停っていたのである。

「——お兄さん! 気を付けてよ!」

と、晴美は足を踏んばったままで言った。

「ニャー……」

座席から転り落ちたホームズが、冷汗をかきながら（？）這《は》い上って来た。

「シートベルトをしないのがいけない」

と、片山が言った。

「フニャ」

「しかし、こんな所にどうして車が……」

片山が車から降りると、その白い小型車のドアが開いて、死体が転り出た――りはしなかった。

「良かったわ」

ライトの中に、まぶしそうに手をかざして現われたのは――。

「ああ、あなたは――」

「片山さん？　イザベル・鈴木です」

TVの番組で、川本咲帆のことを占った占い師である。今日はごく普通のスーツを着ていた。

「どうしたんですか、こんな所で」

「ごめんなさい。ぶつかりそうだったのね」

やっと気付いたらしい。「ここまで来たら、車がエンストを起して」

「そうですか。いや、ぶつからなくて良かった」

「すみません。ちょっと乗せていただけますか？」

「もちろん」

「――笹林さんの所へ行くんですか？」

車から降りて来た晴美が訊《き》いた。

「あ、晴美さん。まあ、ホームズも一緒？」

と、イザベルは嬉《うれ》しそうに、「招《よ》ばれたんです、川本咲帆さんに」

「じゃ、明日の茶話会に？」

「ええ、でも、今夜から来てほしいと。――あの秘書の方がお電話を下さって」

「唐沢恵美さんが？」

片山は首をかしげた。「何だろう？」

「ともかく行きましょうよ」

と、晴美が言った。

「ああ。しかし、この車、他の車も追突するといけない。少し脇へ寄せよう」

小型車なので、押して動かすのもそう大変ではなかった。何とか安全と思える辺りまで移動させ、イザベルは車からバッグを取って来て、片山たちの車に同乗した。

五分ほどで、笹林邸の前に車を着けた。

中から、お手伝いの昭江が出て来て、

「お待ちしておりました」

と、片山たちを出迎えた。

「どうも……」

ともかく、片山たちは屋敷の中へ入った。

片山はあの部屋のドアの前で足を止めた。

「――ここだ」

「お兄さん……。まだ忘れられないのね」

「うん……。俺のせいで死んだんじゃない、と分ってはいるけど」

「――客間へお通り下さい」

と、昭江が言った。

片山たちは客間へ足を向けたが――。

「ニャー」

と、ホームズが鳴いて、片山と晴美は振り返った。

イザベル・鈴木が、あの居間の、閉じたドアの前にじっと立って動かないのである。

「――どうしたんですか？」

と、晴美が訊くと、

「この部屋で……血が流れたように感じまして」

「確かに」

片山は肯《うなず》いて、「笹林彩子さんがピストルで自殺したのがここです」

「亡くなった？」

と、イザベルは片山を見た。

「ええ。――それが何か？」

「いえ……。詳しいことはよく分りません」

イザベルは曖昧《あいまい》に言って、「失礼しました」

一行が客間へ入ると、

「ご夕食が三十分後にご案内できますので」

と、昭江は言って、客間から出て行った。

「やれやれ……」

片山は客間の中を見回した。

すると、突然、

「いらっしゃい」

と、声がした。

「恵美さん？」

晴美は客間の中を見回して、「――あそこだわ」

と、TVを指さした。

大きな薄型TVが点《つ》いて、唐沢恵美が画面に出ていた。

「今晩は」

と、恵美は微笑んで、「これはTV会議用のディスプレイです。そちらのことも見えていますので」

「面白い」

晴美はホームズを持ち上げて、「ホームズ、ご挨拶《あいさつ》」

「いらっしゃい」

と、恵美は言った。「直接お迎えできず、申し訳ありません。私は咲帆さんについていますので」

「恵美さん……」

「私も、あの車の盗聴マイクの一件がなかったら、咲帆さんの『見張られてる』という不安を、ただ、気のせいだと思ったでしょう」

「ご存知だったのね」

「夜、一緒に飲んでいるとき、話して下さいました。あの車が爆破されたり、状況は普通じゃありません」

「それで、私たちに調べてくれと？」

「明日は茶話会です。あの彩子様の夕食会のメンバーの内、厚川沙江子さんと里見信代さんが殺されました。——まさか、とは思いますが、もし、あのときのメンバーが狙われているとしたら……」

「明日は最適の日ですね」

「どうか、これ以上の『死』を防いで下さい。咲帆さんは、自分のせいで人が死んでいく、と悩んでおいでです」

と、恵美は言って、「それから、イザベル・鈴木さん。私は占いは信じませんが、何か霊感のようなものの強い人というのは信じます」

「私は何をすれば……」

「危険の予知です」

「でも——」

「茶話会に出席し、誰か咲帆さんに殺意を持っている人間を見付けて下さい」

「私は千里眼じゃありません」

「でも、私たち以上に、何かを感じられるかもしれません」

「それはまあ……いくらかは」

「お願いします」

「──やってみます」

と、イザベル・鈴木は肯いた。

「では、どうぞごゆっくり夕食を。──お屋敷の中はどこにお入りになってもいいと昭江さんにも言ってあります。では、どうぞよろしく」

恵美がていねいに頭を下げる。

そしてTVは消えた。


「ごちそうさまでした」

と、晴美は昭江に言った。「とてもおいしかったわ」

「恐れ入ります」

昭江は微笑んで、「このところ、咲帆様がいらっしゃらないので、久しぶりでした」

「ああ、そうですね」

「まさか、私の料理がお気に召さなくて、お出になられているわけでは……」

「そんなことありませんよ」

「さようですか。──まあ、咲帆様がお出にならなくても、私をクビになされば済むことですものね」

と、昭江は納得している。「客間でコーヒーをお出しします」

片山たちは客間へ戻った。

ホームズも、ちゃんと冷ました料理をもらって満足の様子だ。

「――さて、どう調べるんだ？」

と、片山はソファに座って言った。

「すべての部屋よ。盗聴器やカメラがないか。詳しく見ればきっと……」

「一応、電波を出していれば、検知機で分るだろう」

と、片山は肯いた。

「私は自分の中の〈検知機〉で当ってみますわ」

と、イザベルが言った。「仕事として、ちゃんと恵美さんからお金をいただいています
し」

「あの人らしいわ」

――昭江がコーヒーを運んで来ると、

「明日の茶話会ですが」

と言った。「前からのメンバーでない方もおられるんでしょうか？」

「さあ……。唐沢さんは何か？」

「七人か八人と伺っております」

「七人か八人？」

「厚川様と里見様の奥様が亡くなられたので、四名様かと……」

「私が一人入ります」

と、イザベルが言った。「片山さんたちは？」

「茶話会のメンバーには入っていないと思うけどな」

「もちろん、余分にご用意いたしますが」

と、昭江は言った。「それから、咲帆様から、『茶話会といっても、成り行きでお泊りいただくかも』と……」

「夜まで？」

晴美はいぶかしげに、「何をするのかしら？」

「さあ……」

「――昭江さん。我々が屋敷内を調べて回るのは……」

「伺っております。ここは私の家ではございませんので、どうぞご自由に」

昭江は少しも不愉快そうではなかった。

「しかしな……」

コーヒーを飲みながら、片山は客間の中を見回して、「どうして見張る必要があるんだ？」

「笹林宗祐さんの言った、『実験』って言葉が気にかかるわ」

「うん、確かに」

「でも……」

と、イザベルは、どこか不安げに、「私も何か感じます」

「この部屋に？」

「いえ……。この屋敷全体にです」

コーヒーを飲み終えると、片山たちは早速調べてみることにした。

「広いけど、ともかく端から一つずつ調べるしかないわ」

と、晴美は言った。

「うん。──始めるか」

片山は持って来た鞄《かばん》から電波を検知する装置を取り出して、スイッチを入れた。

「ホームズ、行くわよ。──どうしたの？」

ホームズは、客間のソファに座って、ゆっくりと中を見回している。そして床へ下りると、壁ぎわへトットッと歩いて行って、壁に沿って歩き出した。

「どうやら独自の捜査をしてるらしい。こっちはこっちで調べよう」

と、片山が促した。

「そうね。ホームズ、しっかりね」

ホームズの方は聞いているのかどうか、壁を辿《たど》るように歩き回っているのだった……。

ともかく広い屋敷で、部屋数も多い。

片山たちは、端から順序立てて一つ一つ、部屋を調べて行った。

ていねいに見て行くと、たちまち一時間や二時間はたってしまい、

「やれやれ……。くたびれるもんだな」

と、片山は息をついた。

「反応ゼロ？」

「うん。全くない。――多少の電波は拾うけど、TVやパソコンだろう。盗聴器やビデオカメラは見当らない」

廊下に出て、晴美が手描きの図面を広げる。

「この部屋もOK、と……」

調べ終えた部屋は、×印で消して行く。

「――イザベルさん、どうですか？」

と、晴美が訊《き》いた。

「ふしぎです」

「というと？」

「何かはっきりしたものは感じませんけど、でも全然感じないわけでもありません」

「それって――」

「分りません。私もこんな感覚、初めてなんです」

と、イザベルは首をかしげた。

「ともかく先へ行こう」

と、片山は促して、「――ホームズは何やってるんだ？」

廊下をホームズがやって来る。しかし、片山たちには目もくれず、ひたすら真直ぐに、それも壁際を歩いて行くのである。

「放っときましょ。ホームズはきっとホームズなりの考えがあってのことよ」

晴美は次の部屋にとりかかった。

――結局、すべての部屋をチェックし終ったときは、もう真夜中近かった。

そして、片山たちはどの部屋にもカメラやマイクの類《たぐい》を見付けられなかったのである……。


「そういうこと」

晴美はケータイで唐沢恵美に調査の結果を知らせた。「何もないわ」

「お疲れさまでした」

と、恵美が言った。「ではゆっくりおやすみ下さい。明日昼ごろには私もそちらへ参ります」

「よろしく」

晴美は欠伸《あくび》をして、「――くたびれた！」

「ホームズは？」

「さあ……」

お腹が一杯になっているせいもあって、晴美は目がトロンとしている。

「私……このまま寝るわ」

「おい――」

「大丈夫……。ほんの一時間……」

と言いつつ、もう寝入ってしまう。

「これじゃ朝まで起きないな」

と、片山は肩をすくめて、「それにしてもホームズは何してるんだ？」

来客用の寝室を出ると、廊下を見回し、

「おい……。ホームズ、どこだ？」

と、歩いて行く。

「ニャー」

すぐ後ろで声がして、片山はびっくりして飛び上りそうになった。

「――びっくりさせるな！」

「ニャー」

ホームズが促すように鳴いて、歩き出す。

「何だって言うんだ？」

と、ついて行くと、ホームズは寝室のドアの前で足を止めた。

「何だ、入るのか？　ソファででも寝ろよ」

しかし、ホームズは寝る気はないようで、片山の方を見上げて、左の前肢《まえあし》を上げて見せた。

「左手がどうした？――え？」

片山が身をかがめて左手を出すと、ホームズは腕時計をつついた。

「時計か？――どうしろ、って？」

ホームズは、部屋の隅へ駆けて行くと、クルリと振り向いて、今にも駆け出そうという姿勢で身構えた。

「つまり……。そうか。時間を測れ、って言うんだな？　分った！」

片山は腕時計を見て、秒針がゼロに来るのに合せ、

「よし！」

と、手を振った。

ホームズは速足くらいのスピードで、寝室の廊下側の壁に沿って走った。

部屋の隅から隅まで、一気に走ると、片山の方を振り返る。

「十一秒だな」

と、片山は言った。

ホームズはドアの前に行って鳴いた。

片山がドアを開けると、ホームズは廊下へ出て、今度は廊下の壁に沿って、同じように走る姿勢を取った。

「——これも測るのか？　よし。ええと……。スタート！」

ホームズは、室内と全く同じ足取りで廊下を走った。部屋に沿って、真直ぐに駆けたのである。

片山たちの部屋は角で、先は階段だ。ホームズは、その角の所で止ると、振り返った。

「ええと……。十四秒だ」

片山はホームズを見ると、「この三秒の差が、どうかしたのか？」

「ニャー」

「待てよ」

おそらくホームズは全く同じスピードで走って見せたのだろう。

ということは、廊下と室内で、三秒の開きがあるということだ。それは……。

「そうか、もしかすると……」

片山は、部屋の中に戻って、鞄《かばん》を開けると、中から巻尺を取り出した。

そして、ドアから室内の壁に沿って、隅まで測り、今度は廊下へ出て、ドアから角まで

を測った。

「──そういうことか」

片山は立ち上って、「ホームズ、お前の言いたいのは……」

「ニャン」

と、ホームズが「やっと分った？」と言いたげに鳴いた。

巻尺で測ると、室内と廊下側で、二メートル近く差があるのだ。廊下側の方が長いので

ある。

「二メートルの厚さの壁？」

要塞《ようさい》ではあるまいし、そんなに厚い壁はあり得ない。

「そういうことか！」

盗聴器やマイクのことばかり考えていて、電波が出ていないから大丈夫だと思っていた。

そうではない。この壁の中に、通路があるのだ。部屋の中を、肉眼で覗《のぞ》き見ることがで

きるのに違いない。

それが二メートルの壁の中身だ。

壁の中に隠された通路？　しかし何のために？

片山は、しばし廊下に立ち尽くしていた。


晴美を起そうかと思ったが、ともかく豪快な寝息をたてて眠っている。

これを起すのは容易なことではあるまい。

「明日の朝早く起すかな……」

と、片山が半ば諦《あきら》めて呟《つぶや》くと、ドアをノックする音がした。

「――どなたですか？」

と、片山が訊《き》くと、

「鈴木です。まだ起きていらっしゃいますか？」

片山はドアを開けた。

イザベル・鈴木はガウンを着て、下はパジャマらしかった。

「もうおやすみになるところだったんですか？」

「いや、僕はまだ。妹はあの通り、ぐっすりですが」

「私も、もうベッドに入って、ウトウトしかけてたんですが……」

と、イザベルは言った。

「何かありましたか？」

「クシャミをしたんです」

と、イザベルは言った。

「風邪ですか？」

「あ、いえ——私じゃなくて、誰かが」

「それはつまり……」

「あの部屋は私一人です。そのはずです。でも、はっきり聞こえたんです。クシャミが」

「近くで、ということですか」

「ええ。明らかに部屋の中で聞こえたんですの。むろん、飛び起きて明りを点《つ》け、部屋の中、バスルームや戸棚、クローゼットも調べましたが、誰も隠れていません」

片山には分った。おそらく、イザベルの部屋にも、壁の中に通路があって、そこに誰かがいたのだろう。

「何だか気味が悪くて……」

と、イザベルは言って、寒気がするように強く腕を組んだ。

「一つ、捜しに行きますか」

と、片山は言った。

「どこへ？」

「あなたの部屋です」

と、片山は言った。「しかし、後で妹から『どうして起してくれなかったの!』と叱られそうだ」

「ニャー……」

ホームズも同意見らしかった。

「すみませんが、ちょっと起すのを手伝って下さい」

と、片山はイザベルに言った。

イザベルは片山の頼みを聞くと、

「でも、そんなこと……」

と、渋っていたが、その内ため息をついて、「分りました」

と、晴美がグーグー寝ているそばに行って、思い切り息を吸い込むと、

「キャーッ!」

と、凄絶《せいぜつ》な悲鳴を上げた。

晴美が飛び起きて、

「ど、どうしたの!」

と叫んだ。

「おはようございます」

イザベルも少々ピントの外れた挨拶《あいさつ》をしたのだった……。

# 15　闇の出会い

「人騒がせね、全く！」

と、晴美は兄をにらんだ。

「仕方ないだろ。それとも濡《ぬ》らしたタオルでも顔にペタッとやった方が良かったか？」

「まあ……悲鳴の方がまし《ヽヽ》だったわね」

と、晴美は肩をすくめて、「お兄さんの悲鳴でなくて良かったわ」

「しかし、あなたの悲鳴はかなり迫力がありましたね」

と、片山がイザベルに言った。

「占い師だけじゃ、苦しくてやって行けない時期がかなりあって、そのときにアルバイトでTVドラマのエキストラをやったりしたんです。そのとき、よく死体を見付けて悲鳴を上げるお手伝いをしたことがあって……」

「へえ……」

「ちょっと待ってて」

晴美はバスルームへ入ると、冷たい水でパシャパシャと顔を洗って、タオルで拭《ふ》きながら戻って来た。

「じゃ、早速取りかかりましょ！」

「問題は、どこから秘密の通路に出入りするのか、ってことだな」

「でも、失礼だわ！　人の寝顔を覗こうなんて」

片山たちは一旦《いったん》廊下へ出た。

「そのクシャミをした人物は、きっとイザベルさんに気付かれては、と思って、もう通路から出ているだろう。――部屋の造りから、およその通路の位置は分るだろうけどな」

「窓のある側は、壁が不自然に厚かったらすぐ分るものね」

「そうだ。――じゃ、まずイザベルさんの部屋の覗き穴がどこにあるのか、中から捜してみよう。ホームズ、頼むぜ」

「ニャー」

と、ホームズが鳴いた。

――漠然と眺めていても分らないものだが、初めから「ある」と分っていると、発見はそう難しくなかった。

壁のクロスの模様は、細かい紋章のような柄で、細かく見ていく内、

「――ここよ」

と、晴美が言った。

「あったか？」

片山は近寄ると、ペンシルライトを取り出して、光を当てた。クロスの模様の紋章の一つが、少し凹《くぼ》んで見える。斜めに光を当てると、はっきり分った。

「ここだな」

片山がボールペンの先で突くと、ポカッと直径一センチほどの穴が空いた。

「——やっぱり」

と、イザベルが近付いて来て言った。「覗《のぞ》かれてたなんて……」

「しかし、何のために……。穴の向うは暗いですね。たぶん、そのクシャミをした誰かは、逃げてしまったでしょうが……」

と、片山は言った。

「出入口はどこなのかしら」

と、晴美は部屋の中を見回した。

「ニャー……」

と、ホームズが壁の前に座って鳴いた。

「——そうか」

と、片山は目をパチクリさせて、「この覗き穴があるのは、隣の部屋との仕切りの壁だ。

──他も同じはずだ」

「あ、そうか」

と、晴美も肯《うなず》いて、「窓のある側、ドアのある側は、そんなに壁を厚くできないものね。すぐ分っちゃう」

「じゃ、各部屋の仕切りの壁の中に？」

と、イザベルが言った。「どこかでつながってないんでしょうか？」

片山は少し考えて、

「──下だ」

「下？　一階ってこと？」

「当然、一階の壁も厚くなっている。たぶん狭い階段があって、一階と行き来できるんだろう」

「一階なら出入口を作りやすいわね。外へ出るようにしたっていいんだもの」

「よし、一階へ下りてみよう」

三人は、イザベルの寝室を出ると、階段へと急いだ。

「でも、この屋敷って、笹林さんが建てたんでしょう？」

と、晴美が歩きながら言った。「初めからああいう造りになってたのよね」

「そうだろうな。どんな目的があったのか──」

三人とホームズが階段を下りかけたとき、突然明りが消えて、周囲は闇に閉ざされてしまった。

「——どうしたの？」

「待て。動くな」

片山は言った。「踏み外して落ちると危い」

ペンシルライトの小さな灯が足下を照らして、

「用心して。ゆっくり下りよう」

三人がこわごわ階段を下りて行くと、ホームズはもう一足先に下りて待っている。

「いいわね、こういうとき、猫は」

ライトを受けると、ホームズの目が緑色に光る。

「停電でしょうか」

と、イザベルが言った。

「どうかな。——これだけの屋敷だ。たとえ停電になっても、非常灯ぐらい点《つ》きそうだけどな」

一階の廊下も真暗だった。

「——お兄さん。客間の方から明りが」

ドアの下から、かすかにだが、明りが洩《も》れている。

片山がドアを開けて、

「──外の明りだ」

客間を横切って、庭に面したカーテンを開ける。

庭の照明も消えていたが、表の街灯の明りが射しているのだった。

郊外とはいえ、山の中というわけではない。近くに家もあって、道は街灯で明るいのだ。

「ここにいろ。──昭江さんを起して、電源がどうなってるのか、訊《き》いてみる」

片山はペンシルライトを手に客間を出て、一階の廊下を辿《たど》って行った。

「昭江さん。──昭江さん！」

どこが昭江の寝ている部屋か分らない。片山は大きな声で呼んでみた。

「ニャー」

と、一緒にやって来たホームズが鋭く鳴いた。

「どうした？」

と、ホームズの方を振り向いた瞬間、片山の手から、ペンシルライトが叩《たた》き落とされていた。

廊下は真暗だ。──片山は闇の中で、誰かと向き合っていた。

「誰だ！」

と、片山は言った。「警察だ。誰なんだ！」

相手の荒い息づかいが聞こえた。

フーッとホームズが威嚇の声を上げると、闇の中で素早く相手に飛びかかった。

「ワッ！」

と、短く叫ぶ声がして、タタッと足音が逃げて行く。

「待て！」

と、片山は追いかけようとしたが――。

「どうなさいました？」

と、昭江の声がして、懐中電灯の明りが近付いて来る。

「昭江さん！　気を付けて！」

「は？」

逃げる男の影が、一瞬、その明りの中に浮かび上ったが、ドスンと昭江に突き当って、

「キャッ！」

と、昭江は尻《しり》もちをついた。

同時に、懐中電灯は床に落ちて転った。

「――大丈夫ですか？」

「ええ……。まあ、びっくりした」

昭江はしばらく胸に手を当てて大きく息をついていたが、「――もう大丈夫です。すみ

ません」

と、片山に手を取られて立ち上った。

「停電じゃないようですね。表の方は明りが点いてる」

「気が付いたら、部屋が真暗だったので……。停電なら、非常電源が入って、明りが点くはずです。――今の人は？」

「分りません。顔を見ましたか？」

「いえ、一瞬のことで……。泥棒でしょうか」

「――お兄さん、大丈夫？」

晴美とイザベルが出て来て言った。

「ああ、今、昭江さんが――」

と、片山が言いかけたとき、ホームズが、

「ニャーッ！」

と、甲高く鳴いた。

「お兄さん……。変な匂い」

「ああ……。何だろう？」

片山が廊下の奥の方へ明りを向けると、奇妙な黄色い煙がゆっくりとやって来た。

「ガス？」

「有毒なガスかもしれない。外へ出るんだ!」

片山は叫んだ。「昭江さん、あなたも!」

「でも、こんな寝衣姿で——」

「それどころじゃありませんよ! 早く外へ出て!」

「あの——奥様からいただいたバッグが」

「バッグ?」

「もったいなくて、一度も使ってなかったんです。取って来ます」

「そんな場合じゃないんですよ!」

片山が強引に昭江を玄関の方へ押しやる。

その間にも、煙は妙な匂いをさせながら、廊下に立ちこめて来る。

「煙を吸い込むな!」

片山たちは息を止めて、玄関から外へ飛び出した。

「建物から離れるんだ!」

「お兄さん、煙だから、この近くの他の家にも——」

「そうか。風向きによって、煙が流れて行くかもしれないな。——知らせて避難させないと。晴美、ケータイ持ってるか?」

「うん」

「すぐ手配させてくれ。この近辺を封鎖させるんだ」

「分ったわ」

屋敷の玄関や窓の辺りから、わずかだが煙が洩れ出している。

片山は昭江に、

「近くの家へはどう行くんですか?」

と訊いた。

「ご案内します」

昭江も事態がやっと呑《の》み込めた様子で、寝衣姿でせっせと駆け出したのだった……。


それからの一時間は、まるで戦場のような騒ぎだった。——といっても、片山が本当の戦場を知っているわけでは、むろんないのだが。

ともかく、万一毒性のあるガスだったら大変なことになるので、近くの家を一軒ずつ叩き起して避難させ、さらに、五、六十メートルの所に小さな社宅の団地があって、そこを全部起して回るのは大仕事だった!

ともかく、そうこうする内に化学消防隊や毒ガスの専門班が到着。ものものしくマスクを着けて、笹林邸の中へ入って行った。

片山は、この寒さの中でもすっかり汗だくになっていた。晴美たちと共に風上に逃れて、緊張して成り行きを見守っていたのだ。

しかし——三十分ほどして、あの黄色い煙には、匂いはあるが毒性は全くないということが分った。

「良かったわ」

と、イザベルが胸をなで下ろす。

「やれやれ……。この寒い中、避難した人たちから苦情が出そうだ」

「でも、仕方ないわよ。もし毒ガスだったら大変だったわ」

と、晴美が言った。

「まあ、それはそうだけど……」

ともかく屋敷内の煙を外へ出すことになって、ドアや窓を開け放った。

「——しばらくすれば自然に煙は消えますよ」

と、ガスマスクを外して、消防隊の一人が言った。

「私、やはり奥様からいただいたバッグを取って参ります」

と、昭江が言った。

「煙が消えてからでいいでしょう」

と、片山が言ったが、

「いいえ、あの匂いがバッグにしみついたら、持って歩けなくなります」

と言って、昭江はスタスタと邸内へ入って行った。

「でも、なぜあんな煙を？」

と、晴美が言った。「何だか気になるわね」

「そうだな。目的が何だったのか、はっきりしない」

「逃げるため？　それにしちゃ大げさね」

「うん……。調べれば毒でないことはすぐ分る。仕掛けた方も、それは承知していたはずだな」

と、片山は言った。

「ニャー……」

と、ホームズがどこか不安げに鳴いた。

「うん……。あの家から人を遠ざけるのが目的だったとしたら……」

と、片山は呟《つぶや》いた。

そのとき——大地が揺れた。

いや、その前に爆発が起ったのである。

「お兄さん！」

と、晴美が叫んだ。

ズズン、という地響きと共に、笹林邸が崩れ落ちた。方々に爆発物が仕掛けられていたのだろう、建物は隅から隅まで数秒の内に崩壊した。

そして凄《すさ》まじい土煙が湧き上って、辺りを包んだ。

「――どうしたの？」

晴美が呆然《ぼうぜん》として、「何が起ったの？」

「屋敷が……消えて失くなった」

片山も、負けず劣らず唖然《あぜん》としている。

「まあ……」

イザベルがやって来て、片山の腕にすがるようにつかまった。「何てことでしょう」

どう言っても、その光景は言い尽くせなかった。

土煙がゆっくりと消えて行くと、後にはただ、瓦礫《がれき》の山が残った。

「引き上げた後で良かった」

と、消防隊員がホッと息をつく。

晴美がハッと息を呑んで、

「昭江さん！」

と叫んだ。「お兄さん！　昭江さんが――」

「しまった！　中へ入って行ったんだな」

片山は崩れた建物へと駆け出した。

「危い！」

消防隊員が駆けて行って、片山を止めた。

「近付いちゃいかん！」

「しかし――」

「ガスが洩《も》れたりしていたら、ちょっとした火花で爆発するかもしれない」

「中に人が――」

「後で捜索します。今は危険だ」

片山も、やっと自分を抑えた。

「――分りました」

「お兄さん……」

「どう考えても――助からないな」

片山は、ショックを受けていた。

「バッグを取りに……」

「ともかく――このことを知らせよう」

片山は、崩れた建物から離れると、ケータイで唐沢恵美へかけた。

「――もしもし。片山ですが」

説明しながら、片山は自分の目が信じられないように、何度も建物の無残な姿を見たのだった……。

# 16　茶話会

「やります」

と、咲帆はきっぱりと言った。

「咲帆さん……」

晴美は当惑して咲帆を見た。「やる、って何を？」

「もちろん、〈茶話会〉です」

と、咲帆は言った。

「でも——」

「昭江さんは、ちゃんと準備してたんです。誰がこんなことしたのか知らないけど、昭江さんのためにも、〈茶話会〉は開きます」

照明の光の中に、崩れた屋敷の無残な姿が浮かび上っている。

片山の知らせを聞いて、咲帆と恵美が駆けつけて来たのである。

「恵美さん」

「はい」

「箱根の山荘は使える？」

「はい、いつでも」

「じゃ、今日予定通り〈茶話会〉を開きます」

「分りました」

恵美はためらうことなく言った。「ただ、お迎えを出すにしても、山荘まで時間がかかります。時間を少し遅らせた方がよろしいかと……」

「そうね。でも、〈茶話会〉が〈夕食会〉になっちゃうわね」

「軽くつまめるサンドイッチなどを用意して召し上っていただけば、〈茶話会〉のままでも大丈夫です」

「そうしてちょうだい」

と、咲帆は肯《うなず》いた。「昭江さんのためにも、ちゃんと準備してね」

「お任せ下さい」

恵美は少し離れて、ケータイで方々へ連絡し始めた。

「片山さん」

と、咲帆が言った。「山荘へ来ていただけますね」

「もちろん」

「ありがとう。——でも、なぜ屋敷をこんな風に壊す必要が?」

片山は晴美と顔を見合せた。

咲帆はそれに気付いて、

「片山さん。何かあったんですね?」

と訊《き》いた。

「まあね。——建物そのものに秘密が隠されてたんですよ」

「というと?」

片山は、壁の中の秘密の通路のことを話して、

「もしかすると、その秘密を葬るために、屋敷を爆破したのかも」

と言った。

「何のために、そんなものを……」

と、咲帆は首をかしげた。「ともかく、まず昭江さんを見付けていただきたいです。たぶん——助かってほしいとは思うけど、無理でしょうね」

そこへ、石津がやって来た。

「晴美さん! 大丈夫ですか?」

「石津さん、来てくれたの」

「もちろんです! ホームズさんもご無事で」

「ニャー」

「俺はどうでもいいのか」

と、片山が言った。

「あ、片山さんは大丈夫だと思ったので」

「どうしてだ」

と、片山は苦笑いした。

「やあ、それにしても……。みごとになくなっちゃいましたね！」

と、石津は目をパチクリさせて、崩れた屋敷を眺めた。

「咲帆さん」

恵美が戻って来て、「いくつか、お決めいただくことが」

咲帆と恵美は少し離れて、〈茶話会〉の打合せを始めた。

片山のケータイが鳴って、片山も晴美達と少し離れて話し始めた。

「――こんなことは予測できませんでしたわ」

と、イザベル・鈴木が首を振って言った。

みんな、真夜中の寒さの中、毛布で体をくるむようにして立っていた。

「咲帆さんは〈茶話会〉にこだわってるけど……。その箱根の山荘でも何かないといいわね」

と、晴美が言った。

「今度は僕がぴったりそばについていています」

と、石津が胸を張った。

「ありがとう、石津さん」

晴美は微笑んで、石津の腕を取った。

片山が難しい顔で戻って来た。

「お兄さん、どうしたの？」

「今、課長から電話で……」

と、片山は言った。「この事件は、公安が担当するから、捜査から手を引けとさ」

「公安警察が？　どうして？」

片山はじっと崩れた屋敷を見て、

「考えてみろ。あの屋敷を、あれだけ完全に破壊するなんて、爆破のプロがいなきゃ不可能だ」

「それもそうね」

「そして、あの駐車場で、車がバズーカ砲で破壊されたこと……。どっちも、ごく普通の人間がやれることじゃない」

「それじゃ……」

「しかし、このまま放っちゃおけない。俺は箱根の山荘にも行く。お前はやめた方がいいぞ」

「そう言われて、やめると思う?」

「思わないけどな……」

「よろしい」

と、晴美は肯いた。

「さあ、帰って少し休もう」

と、片山は言った。「今夜の〈茶話会〉のためにな」

「そうね。一睡もしなかったんだもの」

「調べることもある。——さあ、行こう」

と、片山は促した。

「僕が運転します」

と、石津が言った。

石津の運転する車に、片山、晴美、イザベル、ホームズが乗り込んで、夜道を走り出した。

助手席の片山が大欠伸《おおあくび》して、

「疲れた！　着いたら起してくれ」

と言うと、リクライニングを倒そうとして、

「──どこだ？　このレバーか。──ワッ！」

いきなり、座席が思い切り後ろへ倒れて、片山は悲鳴を上げた。

「何してるの？」

と、晴美がため息をつく。

「あれ、ラジオが点《つ》いちゃった」

「俺が足で触ったんだ」

片山はリクライニングを少し戻して、

「ちょうどよくするのは大変だな、全く！」

と、文句を言った。

「石津、ラジオを消してくれ」

「はい」

「待って！」

と、晴美が言った。「石津さん、少し音量を上げて」

「は？　ラジオですか？」

「そう。今、ちょっと名前が……」

ラジオから、

「今日のゲストは、このところTVの司会やドラマでも大活躍の、会田クルミさんです」

「やっぱり！　そんな風に聞こえたの」

「──今晩は。会田クルミです」

「夜中にすみませんね」

「いいえ。お仕事で、いつも夜中まで起きていますから」

「クルミさんは、たまたま原宿《はらじゅく》を歩いていてスカウトされたとか？」

「ええ。よく聞く話でしたけど、まさか本当にそんなことがあるなんて思ってなかったので、びっくりしました」

片山が、ちょっと眉《まゆ》を寄せて、

「おい、これって、あの菊池って男の恋人の──」

「そうよ。あのクルミさん」

「AV女優だったのが、原宿でスカウト？」

「お兄さん、知らなかったっけ？　突然撮影の現場からTV局へ連れてかれたんですってよ」

「それでドラマにまで？」

「本人もわけが分んないみたい。菊池さんを見舞に行った恵美さんが、スーツ姿のクルミさんに会って、びっくりしたって」

「妙な話だな」

「アダルトビデオに出ていたことは、誰も口にしないんだって。だから、原宿でスカウトされたってことにしたみたい」

「へえ……」

片山は、少しの間ラジオに耳を傾けていたが、やがてウトウトし始めた。

「ニャー」

ホームズが後ろの座席からピョンと飛んで片山の上に着地した。

「おい！　びっくりするじゃないか！　起すなよ」

と、片山は目をパチクリさせたが……。

「——じゃ、クルミさんのリクエスト曲をかけましょう」

「お願いします」

片山は起き上って、

「——これって生放送か？」

「たぶんね。どうして？」

片山は少し考え込んでいたが、

「——石津、この放送をしてるスタジオへ寄ってくれ」

「は？　でも……」

「この子に会いたいんだ」

「クルミさんのファンになったの？」

と、晴美が呆《あき》れて訊《き》く。

「いや、普通じゃそんなこと、あり得ないだろう。どういう事情だったか、気になる。――どこのスタジオか分るか？」

「待って。調べてあげるわ」

と、晴美は言って、ケータイを取り出した。「友だちがこのラジオ局にいるの。――もしもし、私、片山晴美、ごめんね、こんな時間に……」

少し話して、晴美は片山の方へ、

「今、彼女がちょうどこのスタジオにいるんですって」

「じゃ、すぐ向うと言ってくれ。もし番組が終ったら、会田クルミに帰らないで待っててくれるように、って」

「分ったわ。――もしもし」

晴美はケータイを切って、「どういうこと？　突然クルミさんに会うなんて」

「直感だ」

「何が？」

「会田クルミをそんな風に救えるなんて、誰にでもできることじゃない。いきさつを聞いてると、クルミが病院から撮影の現場に連れて行かれたと知ってたのは、佐々木リカと菊池当人だけだろう」

「まあね」

「佐々木リカはまだ大学生だ。そんなTV局を動かせる大物を知ってるとは思えない。となると、クルミを救い出して、TVに出演させたのは菊池だということになる」

「だって——菊池さんって、〈BS通信機〉をクビになって失業中よ」

「表向きはそうだ」

「本当は違うっていうの？」

「菊池は〈BS通信機〉の優秀な研究員だった。——あの〈通信機〉には妙なところがある」

「お兄さんと恵美さんが見た、地下の会議室のことね」

「あそこで、社長の佐々木と会っていた人物にはSPが付いてた。おそらく、〈BS通信機〉は、恵美さんや咲帆さんも知らないような、極秘の事業を請け負ってるんだ」

「極秘の……」

と、晴美は呟《つぶや》いて、「咲帆さんの車の盗聴器？」

「まずクルミに会って、そこから糸をたぐって行こう」

片山はすっかり目が覚めてしまった。

車は都心へと入って行くところだった……。

「片山さん。——晴美さん」

会田クルミはスタジオの玄関で待っていた。「あのときはお世話になりました！」

片山は、一瞬、目の前にいるのがクルミだとは分らなかった。

「——やあ、すっかり変っちゃったね」

「メイクのせいです」

と、クルミは照れたように、「それに服も。——馬子にも衣裳《いしょう》、ですよね」

「もともとすてきだったのよ」

と、晴美は言った。「スターらしい輝きがあるわ」

「ありがとうございます」

と、クルミは頰を染めた。「それで——何かあったんですか、こんな夜中に？」

片山はちょっとためらって、

「実は……君に少し訊きたいことがあるんだ。アパートに送りながら話そう」

「はい。——あ、今はマンションに」

「引越したの？」

「収入も増えたし。マンションを借りたんです」

「菊池さんと一緒？」

と、晴美が訊く。

「ええ。――あの人も元気になって、何だか、仕事も色々入って来たようで」

「それは良かったね。さあ、車に」

車が大きめだったので、後ろにクルミも乗る余裕があった。

車が走り出すと、片山はクルミがTVに出るようになった事情を聞いた。

「――近江っていう人だね？」

「ええ。何だか凄《すご》く偉い人みたいで、プロデューサーが真青になってました」

「近江か……。どういう人か、聞いたかい？」

「いいえ、何も教えてくれませんでした」

片山はしばらく考え込んでいたが、

「もしかすると……」

と呟いた。

「片山さん、心当りが？」

「いや、確かじゃないけど、以前大臣だった近江という男が、TVの世界に大きな力を持ってると聞いたことがあるんだ。――菊池さんがその近江を知ってたのかもしれない」

「あの人が？」

「菊池さんはマンションに？」

「さあ……。私も毎晩遅いし、あの人もいつも出かけてるので」

「行ってみよう。できたら、ちょっと話したい」

――車は、静かな住宅地へ入って行った。

「あの先のマンションです」

と、クルミは言った。「左側の――」

「石津、停めろ」

と、片山が言った。

マンションの手前で車が停る。――ちょうど一台の車がマンションの前に停ったところだった。

「――あの人だわ」

と、クルミが言った。

菊池が車から降りて来たのである。

「立派な車ね」

と、晴美は言った。

「防弾になってる、特別な車だ」

「誰なんですか？」

「それを菊池さんに訊きたい」

と、片山は言った。「石津、あの車を尾行しろ」

「はい」

「クルミさん、君は降りた方がいい」

「いいえ」

クルミはやや固い表情になって、「私も知りたいです。——あの人が私に何を隠してたのか」

と言った。

一旦《いったん》マンションに入った菊池が、またすぐに出て来て、再び車に乗り込んだ。

片山たちは、その車を少し離れて尾《つ》けて行った。

「——この道って、〈BSグループ〉のビルに向ってない?」

と、晴美は言った。

「たぶん、そうだな」

と、片山は肯《うなず》いた。

「じゃ、もしかすると……」

片山はケータイを取り出した。

「——もしもし、片山です」

「あら、今どちら?」

と、唐沢恵美が言った。

「咲帆さんは?」

「今、ホテルに降ろして来たところ」

「〈BS〉のビルへ向ってるんです」

「どういうこと?」

「来られますか?」

「もちろん。——こんな夜中に?　もしかして、いつかの……」

「あの会議が開かれるのかもしれません」

「すぐ向います」

片山が通話を切ると、

「教えて下さい」

と、クルミが言った。「菊池さんのこと。あの人は何をしてるんですか?」

「それをこれから調べに行くんだよ」

と、片山は言った。

クルミは少しして言った。

「何か、私に隠してる、って思ってました。女がいるのかと思ったけど、そうじゃないみたいで……。でも、愛していれば、嘘はすぐ分ります」

「クルミさん」

晴美はそっと肩に手をかけて、「あまり考え過ぎないで」

「でも……」

と言ったきり、クルミは黙ってじっと前方を見つめていた……。

〈BSグループ〉のビルの前に、もう恵美が待っていた。

「片山さん」

「車は？」

「それらしい車は、ビルの裏手につけてる」

「そうか。あの地下の部屋の近くまで行けないかな」

「私、調べたの」

と、恵美は言った。「あそこはもともと倉庫の一部で、換気のダクトは一階の奥の給湯室とつながってる。きっと話が聞けるわ」

恵美は、車を降りて来た晴美たちを見て、

「あら。――クルミさん」

「今、あの秘密の会議室に……」

と、片山は言いかけて口ごもった。

「菊池さんがいるんです」

と、クルミが言った。

「え？」

恵美が目を丸くして、「あの人……」

「ともかく、中の様子を探ってみよう」

と、片山は言った。「こう大勢ゾロゾロ行くわけには……」

「石津さん、待っててね」

と、晴美が言った。「他は誰もここで待ってないわよ」

「仕方ないな。じゃ、静かに。――入口は？」

「地下の駐車場から行きましょう。それが一番目につかない」

「分った」

かくて、片山たちは、駐車場へ下りる細い階段を、下って行った。

「――今度は非常階段を上ります」

と、恵美が言った。

駐車場はひっそりとして、人の気配もない。

「あのドアの向うが――」

「しっ！」

と、片山が言った。「車が来る！」

エンジンの音がした。

片山たちは急いで駐車してある車のかげに隠れた。

車が一台やって来ると、エレベーターの前に停った。ドアが開いて、降りた女は、エレベーターに乗ろうとして、

「誰かいるの？」

と、振り向いた。

隠れている気配を感じたのだろう。

「ニャー……」

ホームズが、タタッと駆け抜ける。

「猫なのね……。こんな所に」

〈BS電機〉の社長今井の妻、瞳はエレベーターのボタンを押した。

エレベーターが行ってしまうと、恵美はホッと息をついて、

「今井瞳さんだわ」

「会議に出席するのかな」

と、片山は言った。「行こう」

非常階段へのドアを、恵美はそっと開けながら、

「足音がするとまずいので、靴を脱いで下さい」

と、小声で言った。

ドアが大きく開いた。


「皆さん、いらっしゃい」

ドアを開けて、咲帆は笑顔で言った。「私の〈茶話会〉へようこそ」

女性たちは、ややためらいがちながらも、

「どうも……」

「初めまして……」

と、口々に言った。

「――でも、何だか寂しいわ」

と、平原マリアが言った。「お二人も亡くなってしまって……」

「それに、今井さんは？」

と、浅田実子が言った。

「ご欠席なんて、妙ですね」

と、藤田しのぶが言った。

「ご連絡がありました」

と、咲帆は言った。「今井瞳さんは少し遅れて来られると」

ドアが開いて、唐沢恵美が顔を出した。

「他の方がおみえです」

「そう。じゃ、お通しして」

「――他の方？」

と、平原マリアが訊《き》いた。「他に誰か？」

「第一回でもありますし、今回特に参加されたいとご希望があって」

入って来たのは、〈BSインターナショナル〉の北畠敦子、そして、〈BS通信機〉の佐々木の二人の社長だった。

「黒一点だな」

と、佐々木は照れたように、「良かったのかな、こんな……」

「どうぞおかけ下さい」

と、咲帆は言った。「他にもおいでの方がいます」

入って来たのは、イザベル・鈴木、そして会田クルミだった。

「ご紹介します」

と、咲帆が言いかけたとき、部屋の電話が鳴った。「ちょっと失礼」

電話に出ると、

「──もしもし。──あ、今井さんですね。咲帆です。もう他の方は揃っておいでですよ」

「そうですか」

と、今井瞳は言った。「皆さん、そこにお揃い？」

「ええ」

「良かったわ。望み通りで」

「今井さん？　まだかかりそうですの？」

「私は伺えないと思います」

「あら、でも──」

「たぶん、──二度とお目にかかることもないと思います」

「どういう意味ですか？──もしもし」

電話は切れていた。

今井瞳は、手にしたケータイから、森の奥に見える山荘へと目を移した。

夜の中で、山荘の明りがまぶしいほどだった。

瞳はケータイのボタンを押して発信すると、

「もしもし。——今、山荘が見える所にいます」

と、言った。「——ええ、お願いします」

瞳は通話を切ると、自分の車に乗り込んで、窓越しに山荘の明りを見た。

次の瞬間、山荘が火花を散らすように見えた。ガラスが粉々に砕けて、光の霧のように広がる。

そして、アッという間に山荘は炎に包まれた。夜の森を照らし出して、火は空へ向って伸び上った。

「美しいわね」

と、瞳は呟《つぶや》くと、エンジンをかけ、車を出した。

燃え上る山荘を、瞳は振り返ろうとはしなかった……。


瞳は、〈BSグループ〉のビルに入ると、人気のないロビーを抜けて、エレベーターに乗った。

〈会長室〉のドア。——瞳はその前に立って、深々と息をついた。

「これで、ここはあなたの部屋よ」

と呟くと、瞳は〈会長室〉のドアを開けた。

同時に明りが点《つ》いた。

「――いらっしゃい。〈茶話会〉へようこそ」

と、咲帆が言った。

瞳は立ちすくんでいた。――そこには、あの炎の中で死んだはずの人々が全員揃っていた。

「これは……」

「簡単なことです」

背後で声がして、振り返ると、片山が立っていた。「あなたは山荘へ電話した。山荘の電話を、ここへ転送するようにセットしておいただけです」

瞳はよろけた。

「でも……どうして……」

「箱根はちょっと遠いですものね」

と、咲帆が言った。「一回目の〈茶話会〉は、ここで開くことにしたんです」

「ニャー」

と、ホームズが会長のデスクの上で鳴いた。

瞳はよろけながら、壁ぎわの棚につかまった。

「どうして？――こんなはずがないのに！」

「瞳」

今井の太った体が会長室へ入って来た。

「あなた……」

「どうしてあんなことをしたんだ！」

「私は――あなたを会長にしたかったのよ！　だって、当然のことだもの！」

「そんなこと、俺は望んでいなかった」

「私が望んだのよ！　私が！」

瞳は、力なく床へ座り込んだ。

「俺は……協力したんだ、警察に」

と、佐々木が言った。「その俺まで殺すつもりだったのか？」

「そもそもが間違いです」

と、片山は言った。「――笹林さん、話してもらえますね」

「――会長！」

と、恵美が言った。

笹林宗祐が入口に立っていた。

「会長……。生きておいでで」

と、今井が言った。

「今の会長は、川本咲帆だ」

と、笹林は言った。「私はもう、公には死んだ人間だよ」

「なぜあんな……」

「迷惑をかけてすまない」

と、笹林は言った。「〈BSグループ〉の中で〈BS通信機〉は、一番業績が悪かった。しかし、それは当然のことで、私は佐々木を責めたことはない。だが佐々木は何とか業績を伸そうとして、公安関係者に近付いたんだ」

佐々木は目を伏せていた。笹林は続けて、

「町中の監視カメラだけでなく、公安では盗聴器や、個人の生活を監視できる超小型カメラを欲しがっていた。佐々木は私に黙って、その開発に乗り出した」

笹林は厳しい顔つきで、「やがて、その件が私の耳に入り、私はすぐにその話を打ち切るように言った」

「それをなぜ――」

と、恵美が言いかける。

「あの屋敷ですね」

と、片山は言った。

「そうです。――あの屋敷の秘密通路のことが、公安に知れていた。言うことを聞かなければ、あのことを公にすると言われた」

「なぜあんな仕掛を？」

と、恵美が訊《き》いた。

「それは──私の趣味だった」

「覗《のぞ》きが、ですか」

「趣味というより、病気かもしれない。恥ずかしいことだが、どうしてもやめられなかった。──あれを建てるとき、泊り客の寝室を覗けるようにした。そんなことが公になれば、私は終りだ」

笹林はため息をつくと、「私は仕方なく言われるままに協力した。〈通信機〉は業績も伸び、また何より政府筋とつながりができた。だが、私は悩んでいた。いつまでも言いなりになっていたくない。そう思って……」

「死んだことにするつもりだったんですね」

と、片山は言った。

「私は、彩子の開いている夕食会の客たちを集めて、『ある実験』をしたいと話そうとした。それは、家庭内に監視カメラをセットして何日か生活してもらう。たとえ、犯罪になるようなことをしなくても、プライバシーを覗かれることが、どれだけストレスになるか、実証したかった。しかし、そこへ、佐々木から連絡があって、公安から新たな仕事をもらったということだった。私は決心して……」

「死んだふりをしたんですね」

と、恵美が言った。

「予《あらかじ》め頼んでおいた、元カーレーサーの男で、車が崖《がけ》から落ちる前に車から飛び出すはずだったが、やりそこねたのだ」

「じゃ、死体確認は？」

「歯科医を買収した。長い付合いだからな」

「でも、それからどうなさるおつもりだったんですか？」

「一旦《いったん》、彩子に継がせて、それから咲帆にと思っていた。——咲帆のことは、昔の恋人だった幸子と偶然会って、聞いていた」

「どうして私に……」

と、咲帆が言った。

「お前が会長になれば、佐々木は安心して、さらに好き勝手にするだろう。——私は佐々木が役所との間で不正な金のやりとりをしていたのを調べ出していた。それが明らかに犯罪になるのを待って告発し、公安との関係を断ち切ろうと思っていたんだ」

「でも、奥様は……」

「あの屋敷の秘密について、あるマスコミがかぎつけて来た。明るみに出れば、彩子にとっても恥だ。——そこへ刑事さんが訪ねて来られて、彩子はてっきりその件だと思ったのだ」

「それで自殺を？」

「私が姿を消していたせいもある。――まさかあんなことになるとは……」

笹林は息をつくと、「――だがいずれあの秘密は知れる。佐々木は、あんなことが知れたら、〈BSグループ〉のイメージダウンだというので、公安に依頼して爆破させたのだ」

「だから、中の人間を避難させたんですね、あの煙で」

と、片山は言った。「ですが、昭江さんが……」

「考えてもみなかったよ」

と、笹林は肯《うなず》いた。「可哀そうなことをした」

「しかし、なぜ厚川沙江子さんや里見信代さんが殺されたんですか？」

と、恵美は言った。

「あの山荘で、私が何もかも打ち明けたかもしれないと思ったんだろう。いや――今井瞳がそう話したんだろう」

瞳は青ざめたまま、床に座り込んでいた。

「それで、一度に葬ろうと？　ひどい話だ」

と、片山は言った。

「俺まで殺すつもりだったのか！」

と、佐々木が言った。

「あんたなんか、肝っ玉が小さいのよ！　向うだって、そう思ったから、私に任せてくれたのよ」

と、瞳は言った。「私を逮捕しようたって、そうはいかないわよ！　私は公安に協力したんだから」

「人を殺していいはずがありませんよ」

と、片山は言った。

「私は直接殺してないわ」

「そうかもしれませんがね」

「笹林さん」

と、咲帆は進み出て、「母は？　母はどこにいるんですか？」

「元気でいるよ。今、こっちへ向っているはずだ。私のことを知っていたから、しばらく姿を消してもらった」

「生きてるんですね！　良かった」

と、咲帆は胸に手を当てた。

「あの……」

と、藤田しのぶがおずおずと、「お詫《わ》びしないと、咲帆さんに。——成田で、あなたを刺そうとしたの、私です」

「え？　どうして？」

「いえ、初めから刺す気はなかったんです！　ただ、あなたが怯《おび》えて、会長になるのをやめると言い出すかと……。佐々木さんに頼まれたんです」

「嘘だ！」

と、佐々木は真赤になって言った。

「私は、あんな仕事には反対でした」

と、今井が言った。「だが、いつの間にか、家内があの会議に出ていたんですな」

「咲帆さんの車の盗聴器。それが知れて、車をバズーカ砲で破壊したのも、その〈会議〉のしたことですか」

と、片山は言った。「すると――そうか。瞳さん、あの〈会議〉に頼んで、山荘も爆破してもらうことにしたんですね。やはり秘密の通路があるとでたらめを言って」

「皆殺しなんて！」

と、平原マリアが言った。「ひどいじゃないの！」

「きっと『山荘には今誰もいない』と報告して、爆破させたんでしょうね」

と、晴美は言った。「じゃ、厚川沙江子さんや里見信代さんを直接手にかけたのは誰なの？」

──しばらく誰も口をきかなかった。

「あなた……」

と言ったのは、会田クルミだった。

会長室の入口に立っていたのは、菊池だった。

「まさか……」

と、恵美は言った。「あなたは、そんな仕事がいやで辞めたんじゃないの?」

「貧しさが応《こた》えてね」

と、菊池は言った。「ある日、町でバッタリ佐々木さんに会った。そして話を聞いた。

──汚れた仕事をする人間が必要だと。すべてが終ったら、重要なポストに戻してくれる、と言われた」

「あなたは……」

「クルミ。嘘をついてて悪かった。しかし、お前もちゃんとタレントになれただろ」

「でも──」

「心配するな。どっちの殺人にも証拠はない。俺は絶対に逮捕されないんだ」

菊池はクルミに歩み寄って、「さあ、帰ろう。もう貧しい暮しとはおさらばだよ」

ホームズが鋭く鳴いた。

「クルミ──」

菊池が脇腹を押えてよろけた。

「クルミさん!」

恵美がクルミの手をつかんだ。その手から、ナイフが落ちた。

「私は……ずっとアダルトビデオだって良かった。あなたを本当に助けられるのなら……」

クルミはうずくまって泣き出した。

「——救急車だ」

と、片山が言った。

「いや……」

菊池が這《は》うようにして、落ちたナイフを拾うと、「この傷は……俺が自分でやったんだ……」

晴美が一一九番へかける声が、会長室に響いた。

ホームズがクルミへ歩み寄ると、そっと鼻をクルミの手にこすりつけた。

「まあ……。ありがとう……」

クルミがホームズを抱き上げて言った。

笹林は重苦しい表情で、

「刑事さん。何もかも明らかにして下さい。結果はどうなろうと。彩子のためです」

と言った。

すると、

「――今夜はどちらへお泊りですか?」

と、声がした。

「まあ!　昭江さん」

恵美が目を丸くして、「生きてたの?」

「いい使用人は、死なないのでございます」

と、昭江が言った。

ホームズが明るく、「ニャー」と一声鳴いた。

# エピローグ

「では、今日のゲスト、会田クルミさんです！」

司会者の声と共に、大きな拍手が会場を包んだ。

クルミが可愛いワンピース姿で現われると、拍手の中、ステージの椅子にかけた。

「クルミさん、デビューのきっかけは、スカウトだったんですね？」

司会者に訊《き》かれて、クルミはＴＶカメラの方を真直ぐ見ると、

「そういうことになってるんですが、実はそうじゃありません」

と言った。

「はあ。しかし――」

「会場のお客様や、ＴＶをご覧になっている方の中にも、以前に私を見たことのある人がいらっしゃると思います」

と、クルミは淡々と言った。「アダルトビデオの中で。私、アダルトビデオに出ていたんです」

司会者が面食らっている。クルミは続けて、

「過去を隠して生きていくのは辛《つら》いことです。それにいずれ、知っている人の口から広まるでしょうから、正直に言います。もう、アダルトビデオの世界に戻るつもりはありませんが」

公開番組、それも生中継である。会場は何となく静まり返ってしまった。

「お話ししたいことがあります」

と、クルミは言った。「私と、私が好きだった男性が巻き込まれた事件です。皆さん一人一人にも係りのあることです……」

「勇気のある娘《こ》だ」

TVを見ながら、笹林宗祐が言った。

「公開生中継ですから、一番いい、と本人が言ったんです」

と、晴美が言った。「報道はもみ消されても、これを聞いた人たちは大勢いるんですものね」

〈BSグループ〉の会長室である。

「片山さん。あなたの立場がまずくなることはないの？」

と、咲帆が訊いた。

「なあに、もともと平の刑事だ。これ以上格下げされようがないよ」

と、片山は言った。

「ニャー」

と、ホームズが晴美の足下で同意した。

「失業したら、私の所へ来て」

と、唐沢恵美が言った。「私、養ってあげる!」

「お兄さんって、結構もてるくせに、いざとなると逃げ腰なのよね」

「大きなお世話だ」

――事件の断片は方々で取り上げられていたが、それらをつなげる報道はなかった。このクルミの述べる真相が、どこまで広まるか――。

それでも、公安警察の幹部が、「国民の私生活を監視する」ために〈BS通信機〉と組んで、監視カメラや盗聴マイクの開発に係っていたという記事が新聞に載った。

今井瞳はあの秘密の会議のことをかぎつけて、佐々木が〈BSグループ〉のトップになるのを恐れ、秘《ひそ》かに佐々木を失脚させようとしていた。

「菊池を誘ってこの計画に加わらせたのは佐々木だったけど、途中から今井瞳が菊池を動かすようになったんだ」

と、片山は言った。「厚川沙江子は、瞳が夫をグループのトップに据えるために工作しているのを気付いていて、邪魔だったんだな」

「人殺しまでするなんて……」

と、恵美はため息をついた。「菊池はあんな人じゃなかったのに」

「でも、高熱を押して、厚川沙江子を殺しに行ったので、入院するはめになったのね」

と、晴美が言った。「佐々木から入館証をもらっていて、いつでもビルへ入れたわけね」

「会田クルミには優しかったんだな」

と、片山が肯《うなず》いて、「だからクルミをスターにしてやろうと佐々木を通して話をつけた。おかげで、こっちは真相が探れたんだけど」

「邪魔になりそうな人間を集めて、一気に片付けようとしたのは、瞳の焦りね」

と、晴美が言った。「あれで、佐々木は自分がもう無用の人間にされてると分って、しゃべる気になったんだから」

「公安の方でも、殺人に関与したと言われるのはまずいからな。瞳が独断でやったことにしたいだろう」

「でも、里見信代をおびき出したり、菊池一人じゃできなかったはずよ」

「笹林さんと似た声を作るのは、今の技術をもってすれば難しくない」

と、片山は言った。

「そういえば――」

と、晴美が言った。「あのパーティにクルミさんが菊池からの伝言を持って来たけど、あれは何だったの？」

「あの夜、秘密の会議があったんだ」

と、片山は言った。「しかし、菊池もさすがに起きられない。佐々木に連絡しようとしたけど、佐々木はパーティでケータイの電源を切ってた。それでクルミに頼んで、パーティに行かせた。クルミは、あのこともあって、菊池が何か隠してると気付いたんだろうな」

「でも――厚川沙江子も、里見信代も、直接手を下したのは菊池なわけでしょ。今井瞳がやらせたにしても……」

「菊池だけに罪を押し付けて済ませようとするだろう。それを何とかやめさせないと」

「私も証言しよう」

と、笹林は言った。「こんな娘さんが勇気を持って発言している。私はもう引退した身だ。それで〈BS通信機〉が潰《つぶ》れても仕方ない」

「あの……」

と、咲帆がおずおずと、「私、まだ会長をやるの？」

「ぜひ頼むよ」

と、笹林は微笑んで、「この事件で〈BSグループ〉のイメージダウンは避けられない。

君のような明るいトップがいてくれた方がいい」

「でも――」

と、咲帆が口を尖《とが》らす。

そのとき、会長室のドアが開いて、

「失礼します……」

と、顔を出したのは――。

「お母さん！」

咲帆が飛び上るように立って、母親へと駆け寄った。

「咲帆……。きれいになったわね」

と、川本幸子は言った。

「どこに行ってたの？」

「笹林さんに、しばらく留守にしてほしい、って言われたんで、オーストラリアにね」

「オーストラリア？」

と、咲帆は目を見開いて、「人を心配させといて！」

「ごめんなさい。でも、あんたも笹林さんのお金で留学できたし、良かったじゃないの」

幸子の呑気《のんき》さを見ると、あまり事情を分っていないらしかった。

「イザベルさんの言葉、当ってたわね」

と、晴美が言った。「両親とも生きてる、って」

TVでは、真直ぐにカメラを見据えて、クルミが語っていた。

「皆さんの中にも、子供のころ日記をつけていて、それを親に読まれて傷ついた人がいると思います。行動やメールや電話を、いつも見張られているのは、知らない他人に日記を覗《のぞ》かれているのと同じです。そんな世の中になるのは、私はいやなんです。——皆さんは?」

クルミの問いかけに、会場から大きな拍手が起きた。

ホームズがTVに向って、

「ニャー」

と、高く鳴いた。

きっと、できるものなら拍手したかったに違いない、と片山は思ったのだった。

# 解　説

杉《すぎ》江《え》　松《まっ》恋《こい》

おかしいな、変だな、と思う違和感が、するするっと解消されていく爽快《そうかい》さ。それを存分に味わっていただきたいと思う。

赤川次郎『三毛猫ホームズの茶話会』は、昭和から令和の時代にわたって書き継がれてきた長寿シリーズの一作である。謎解き小説であると同時に、弱きを助け、強きを挫《くじ》く、正義の物語でもある。話の終わりには、間違った場所にはまっていたピースがすべて正しい位置に戻され、因果は巡って、しかるべき報いがもたらされる。これが娯楽小説というものだ。

お客を招いての茶話会が開かれている最中に事件が起きる。招待主である笹林彩子《ささばやしあやこ》が、拳銃《けんじゅう》自殺と見られる状況で死んでしまったのだ。一か月前に夫の宗祐《そうすけ》が事故死したために、彼女は〈BSグループ〉代表の座を引き継いだばかりだった。その後公開された遺言状により、宗祐が彩子以外の女性との間に儲《もう》けた子供がいることが判明する。現在はドイツ在住の、二十五歳の川本咲帆《かわもとさきほ》だ。すべてを相続するために彼女は急遽《きゅうきょ》帰国してくるが、空港で刃物を持った暴漢に襲われるなど、前途には暗雲が漂う。さらに、出演したTV番組では占い師から「あなたには〈死〉がまとわりついています」と宣言されてしまうのだ。

血を見るだけで気絶してしまう頼りない片山《かたやま》刑事と妹の晴美《はるみ》、探偵猫のホームズが活躍するシリーズは、本作が第四十四弾となる。二〇〇八年二月に光文社カッパ・ノベルスとして刊行され、二〇一一年四月に光文社文庫に収録された。今回が二度目の文庫化である。シリーズの第一作は一九七八年に発表された『三毛猫ホームズの推理』で、赤川の代名詞的作品として親しまれてきた。シリーズ長寿化の秘訣《ひけつ》は、各作品ごとに趣向が凝らされ、読者を飽きさせないことだろう。本作は現代のシンデレラ・ストーリーだが、主人公の行く先々で死者が続出するという不思議が描かれる。占い師の言うとおり、〈死〉がまとわりついているがゆえの超自然現象なのだろうか。この事態に、咲帆警護の任務を帯びた片山刑事たちが立ち向かうのである。闘うといっても、敵は死神かもしれないのだから厄介だ。咲帆もただ恐怖に怯《おび》えるだけの女性ではない。題名になっている「茶話会」は、笹林家で恒例として開かれてきた行事だった。最後に開かれたときには彩子の死を招き寄せてしまったわけだが、咲帆はそれに臆《おく》さず、再び茶話会を催そうとする。

ご存じのとおり、ホームズの名はイギリスの作家アーサー・コナン・ドイルが創造した天才探偵に由来している。そのシャーロック・ホームズには本作と同様、うら若き女性が依頼人となる物語が多数存在するのである。

謎の中年男によるストーキングの悩みを聞く「孤独な自転車乗り」しかり、家庭教師として雇われた女性が、なぜか髪を切ることを含む理不尽な行為を強要される「ぶな屋敷」しかり。ドイルは自分の探偵に騎士道精神を発揮させたかったのだろうと推測されるが、十八世紀から十九世紀にかけて人気のあったゴシック小説の影響とも考えられる。ゴシック小説は人智を超えた怪異を描くが、多くの作品で無力な女性が主役として採用された。屋敷や礼拝堂など建物そのものが主人公を脅かす存在として描かれることもあるが、ドイル作品の中でも特に有名な「まだらのひも」はまさしくそういう短篇である。奇怪な館で生命の危機に瀕《ひん》する依頼人を、探偵が救出するという物語なのだから。

赤川の長篇第一作は一九七七年に発表した『死者の学園祭』である。この作品もまたゴシック小説の伝統を受け継いだホラーの要素を色濃く持つミステリーであった。以降も赤川作品には、怪異や理不尽な暴力に勇気で立ち向かう若い女性というモチーフが頻出する。本作の主役である咲帆も、その系譜に連なる登場人物の一人である。

本作で改めて感心させられたのは、ホームズというキャラクターの使い方である。名探偵とは言うものの、ホームズが直接推理を開陳するわけではない。片山兄妹《きょうだい》の行くところ行くところに先回りし、さりげなく手がかりを与えるだけなのである。その指し示すものを読み取ったところに事件を解明する鍵《かぎ》がある。シリーズの中でも、本作はその「名探偵しぐさ」が見事に発揮された一例と言えるのではないだろうか。

ホームズつながりで言えば、本作には「まだらのひも」「ぶな屋敷」などの女性依頼人ものという以外にもう一つ、ドイル作品を想起させる点がある。これはネタばらしになるので書くわけにはいかないが、元祖のホームズもしばしば扱うことになったトリックが本作にも用いられている。第三短篇集である『シャーロック・ホームズの生還』中でも一、二を争う秀作に使われたあのトリック、とだけ書いておく。気になる方はホームズ正典をどうぞ。

本作には他にも赤川らしい姿勢を感じさせる要素がある。この作者を評するのに最もふさわしい言葉は「清潔」だろう。犯罪の物語であるからどこかに必ず社会の汚れた部分が描かれるのだが、作者がそれに淫《いん》することは決してない。真っ当な常識が柱として作品を貫いており、そこから外れた者の醜さが物語によって浮き彫りにされることも多い。赤川が広い読者層から支持されてきたのも、そうした筋の通し方に共感する方が多かったからではないかと私は考えている。

もともとそうした資質のあった赤川だが、二〇〇〇年代に入ってからは特に憂愁の色合いが濃い作品が多くなったように感じる。たとえば二〇〇三年に発表した『悪夢の果て』（現・光文社文庫）や二〇〇六年の『教室の正義』がそうだ。〈闇からの声〉と題され、シリーズキャラクターを置かない作品集としてこの二作は刊行された。収録作に共通するのは、現代人が抱えている病理、社会が進んでいる方向性についての強い危惧《きぐ》が感じられる点だ。デビュー以来の赤川は常に弱者に加担し、登場人物たちと向き合うことによって物語を紡いできた。いわば対個人の作家であったのが、この時期から社会という大きなものに注意を払うことを余儀なくされてきたのである。衆を頼み、力によって弱者を排除しようとするものが幅を利かせ始めたことの反映だろう。第五十回吉川英治文学賞を授与された二〇一五年の『東京零年』（現・集英社文庫）は、そうした路線の集大成である。〈三毛猫ホームズ〉シリーズにも二〇〇〇年代の憂愁は忍び寄ってきている。本作もそうした一例であろう。咲帆を守る片山兄妹は、彼女を狙う者たちと闘うと同時に、力さえあれば何をしてもいいのだという卑劣な社会の風潮にも立ち向かっているのである。中心にあるのは咲帆の物語だが、彼女は女性が置かれている立場を代表しているとも言える。本作にはもう一人の女性が重要な役割を担って登場する。その会田《あいだ》クルミは、シンデレラとして巨万の富を手に入れることになった咲帆とは対照的な存在だ。女優とはいうものの、その実は男たちによって美貌《びぼう》を食いものにされているだけなのである。この二人を軸に考えると、本作は女性たちからの抗議の声に関する小説として読むことも可能だ。

　十八世紀ゴシック小説に登場する女性たちは、館に漂う悪意などの得体の知れない怪異に脅かされ、恐怖に震えた。時代は降り、現在の女性にとって最大の脅威は、そうした超自然現象ではなく、生きることを絶望させるような無言の圧力、社会の歪《ゆが》みなのである。そうした風潮を見過ごすことなく、探偵小説の形で表現することを赤川は選んだ。元祖ホームズが発揮したものとだいぶ形は異なるが、同じ騎士道精神が本作にも受け継がれているのである。この世に不正と不公平がある限り、二人と一匹は闘い続ける。

本書は二〇一一年四月に光文社文庫から刊行されました。

三毛猫《みけねこ》ホームズの茶話会《さわかい》

赤川次郎《あかがわじろう》

令和3年 5月25日 初版発行

発行者●堀内大示

発行●株式会社KADOKAWA
〒102-8177 東京都千代田区富士見2-13-3
電話 0570-002-301(ナビダイヤル)

角川文庫 22669

印刷所●株式会社暁印刷
製本所●株式会社ビルディング・ブックセンター

表紙画●和田三造




ISBN 978-4-04-111322-6 C0193


◇◇◇

# 角川文庫発刊に際して

角川源義

第二次世界大戦の敗北は、軍事力の敗北であった以上に、私たちの若い文化力の敗退であった。私たちの文化が戦争に対して如何に無力であり、単なるあだ花に過ぎなかったかを、私たちは身を以て体験し痛感した。西洋近代文化の摂取にとって、明治以後八十年の歳月は決して短かすぎたとは言えない。にもかかわらず、近代文化の伝統を確立し、自由な批判と柔軟な良識に富む文化層として自らを形成することに私たちは失敗して来た。そしてこれは、各層への文化の普及滲透を任務とする出版人の責任でもあった。

一九四五年以来、私たちは再び振出しに戻り、第一歩から踏み出すことを余儀なくされた。これは大きな不幸ではあるが、反面、これまでの混沌・未熟・歪曲の中にあった我が国の文化に秩序と確たる基礎を齎らすためには絶好の機会でもある。角川書店は、このような祖国の文化的危機にあたり、微力をも顧みず再建の礎石たるべき抱負と決意とをもって出発したが、ここに創立以来の念願を果すべく角川文庫を発刊する。これまで刊行されたあらゆる全集叢書文庫類の長所と短所とを検討し、古今東西の不朽の典籍を、良心的編集のもとに、廉価に、そして書架にふさわしい美本として、多くのひとびとに提供しようとする。しかし私たちは徒らに百科全書的な知識のジレッタントを作ることを目的とせず、あくまで祖国の文化に秩序と再建への道を示し、この文庫を角川書店の栄ある事業として、今後永久に継続発展せしめ、学芸と教養との殿堂として大成せんことを期したい。多くの読書子の愛情ある忠言と支持とによって、この希望と抱負とを完遂せしめられんことを願う。

一九四九年五月三日

# 角川文庫ベストセラー

三毛猫ホームズの戦争と平和　赤川次郎

親戚の法事の帰り、道に迷ったホームズ一行は、車の大爆発に遭い、それぞれ敵対する別々の家に助け出される。しかも、ホームズは行方不明になってしまい……争いを終わらせることができるのか⁉　第39弾。

三毛猫ホームズの卒業論文　赤川次郎

共同で卒業論文に取り組んでいた淳子と悠一。しかし論文が完成した夜、悠一は何者かに刺されてしまう。二人の書いた論文の題材が原因なのか。事件を追う片山兄妹にも危険が迫り……人気シリーズ第40弾！

三毛猫ホームズの降霊会　赤川次郎

霊媒師の柳井と中学の同級生だった片山義太郎は、妹・晴美、ホームズとともに3年前の未解決事件の被害者を呼び出す降霊会に立ち会う。しかし、妨害工作が次々と起きて――。超人気シリーズ第41弾。

三毛猫ホームズの危険な火遊び　赤川次郎

逮捕された兄の弁護士費用を義理の父に出させるため、美咲は偽装誘拐を計画する。しかし誘拐犯役の中田が連れ去ったのは、美咲ではなく国会議員の愛人だった！　事情を聞いた彼女は二人に協力するが……。

三毛猫ホームズの暗黒迷路　赤川次郎

ゴーストタウンに潜んでいる殺人犯の金山を追跡中、笹井は誤って同僚を撃ってしまう。その現場を金山に目撃され、逃亡の手助けを約束させられる。片山兄妹がホームズと共に大活躍する人気シリーズ第43弾！

# 角川文庫ベストセラー

花嫁シリーズ㉓
## 花嫁たちの深夜会議
赤川次郎

深夜の街で植草は、ビルでこっそりと開かれている女だけの会議を目撃する。一方、女子大生の亜由美は夜道で酔っ払いを撃退したが、その男は、喉をかき切られて死んでしまう。誰が何のために殺したのか？

花嫁シリーズ㉔
## 許されざる花嫁
赤川次郎

女子大生の亜由美はホテルで中年男性に、花嫁を殺してしまうから自分を見張ってほしいと頼まれる。花嫁は、子供を連れて浮気相手のもとに去った彼の元妻だった……表題作ほか「花嫁リポーター街を行く」収録。

花嫁シリーズ㉕
## 売り出された花嫁
赤川次郎

愛人契約の現場を目撃した水畑。女に話を持ちかけていたのはかつての家庭教師だった――。一方、愛人契約を結んだ双葉あゆみは奇妙な愛人生活に困惑。女子大生の亜由美は友人たちを救うため、大奮闘！

花嫁シリーズ㉖
## 崖っぷちの花嫁
赤川次郎

親友と遊園地を訪れた亜由美は、ジェットコースターのレールの上を歩く女性を助けた結果、ケガで入院することに。後日、女性が勤める宝石店から豪華なお礼が届くが、この店には何か事情があるようで……。

花嫁シリーズ㉗
## 花嫁は墓地に住む
赤川次郎

女子大生・塚川亜由美と親友の聡子は、温泉宿で聡子の親戚である朱美と遭遇した。彼女は、不倫相手の河本と旅館で落ち合う予定だった。しかし、そこへ朱美の母や河本の妻までやって来て一波瀾！

# 角川文庫ベストセラー

天使と悪魔④
## 天使に似た人
赤川次郎

地上研修に励む〝落ちこぼれ〟天使マリの所に、突然大天使様がやってきた。善人と悪人の双子の兄弟が、天国と地獄へ行く途中で入れ替わって生き返ってしまった！

天使と悪魔⑤
## 天使のごとく軽やかに
赤川次郎

落ちこぼれ天使のマリと、地獄から叩き出された悪魔のポチ。二人の目の前で、若いカップルが心中した！　直前にひょんなことから遺書を預かったマリ。父親に届けようとしたが、TVリポーターに騙し取られ。

天使と悪魔⑥
## 天使に涙とほほえみを
赤川次郎

天国から地上へ「研修」に来ている落ちこぼれ天使のマリと、地獄から追い出された悪魔・黒犬のポチ。奇妙なコンビが遭遇したのは、「動物たちが自殺する」という不思議な事件だった。

天使と悪魔⑦
## 悪魔のささやき、天使の寝言
赤川次郎

人間の世界で研修中の天使・マリと、地獄から成績不良で追い出された悪魔・ポチが流れ着いた町では、奇怪な事件が続発していた。マリはその背後にある邪悪な影に気がつくのだが……。

天使と悪魔⑧
## 天使にかける橋
赤川次郎

研修中の天使マリと、地獄から叩き出された悪魔ポチ。今度のアルバイトは、須崎照代と名乗る女性の娘として、彼女の父親の結婚パーティに出席すること。実入りのいい仕事と二つ返事で引き受けたが……。

# 角川文庫ベストセラー

## 黒い森の記憶　赤川次郎

森の奥に1人で暮らす老人のもとへ、連続少女暴行殺人事件の容疑者として追われている男が転がり込んでくる。人嫌いのはずの老人はなぜか彼を匿うことにして……。

## スパイ失業　赤川次郎

アラフォー主婦のユリは東ヨーロッパの小国のスパイをしていたが、財政破綻で祖国が消滅してしまった。入院中の夫と中1の娘のために表の仕事だった通訳に専念しようと決めるが、身の危険が迫っていて……。

## ひとり暮し　赤川次郎

大学入学と同時にひとり暮しを始めた依子。しかし、彼女を待ち受けていたのは、複雑な事情を抱えた隣人たちだった⁉　予想もつかない事件に次々と巻き込まれていく、ユーモア青春ミステリ。

## 目ざめれば、真夜中　赤川次郎

ひとり残業していた真美のもとに、刑事が訪ねてきた。ビルに立てこもった殺人犯が、真美でなければ応じないと言っている――。様々な人間関係の綾が織りなすサスペンス・ミステリ。

## 台風の目の少女たち　赤川次郎

女子高生の安奈が、台風の接近で避難した先で巻き込まれたのは……駆け落ちを計画している母や、美女と帰郷して来る遠距離恋愛中の彼、さらには殺人事件まで！　少女たちの一夜を描く、サスペンスミステリ。

# 角川文庫ベストセラー

赤川次郎ベストセレクション①
## セーラー服と機関銃
赤川次郎

赤川次郎ベストセレクション②
## セーラー服と機関銃・その後――卒業――
赤川次郎

赤川次郎ベストセレクション③
## 悪妻に捧げるレクイエム
赤川次郎

赤川次郎ベストセレクション④
## 晴れ、ときどき殺人
赤川次郎

赤川次郎ベストセレクション⑤
## プロメテウスの乙女
赤川次郎

父を殺されたばかりの可愛い女子高生星泉は、組員四人のおんぼろやくざ目高組の組長を襲名するはめになった。襲名早々、組の事務所に機関銃が撃ちこまれ、早くも波乱万丈の幕開けが――。

星泉十八歳。父の死をきっかけに〈目高組〉の組長になるはめになり、大暴れ。あれから一年。少しは女らしくなった泉に、また大騒動が！　待望の青春ラブ・サスペンス。

女房の殺し方教えます！　ひとつのペンネームで小説を共同執筆する四人の男たち。彼らが選んだ新作のテーマが妻を殺す方法。夢と現実がごっちゃになって……新感覚ミステリの傑作。

嘘の証言をして無実の人を死に追いやった。だが、ごく身近な人の中に真犯人を見つけた！　北里財閥の当主浪子は、十九歳の一人娘、加奈子に衝撃的な手紙を残し急死。恐怖の殺人劇の幕開き！

近未来、急速に軍国主義化する日本。少女だけで構成される武装組織『プロメテウス』は猛威をふるっていた。戒厳令下、反対勢力から、体内に爆弾を埋めた3人の女性テロリストが首相の許に放たれた……。